LA FILLE DU BÉNITIER

Du même auteur

Aux éditions De Borée

Les Lentilles vertes, Terre de poche
Mémoires d'un papi auvergnat

Imprimé en U.E.
Dépôt légal : mars 2012
ISBN : 978-2-8129-0544-5

Henri-Antoine Verdier

La Fille du bénitier

De Borée
Terre de poche

I

Les hauts murs

Il fut un temps où les bébés ne naissaient pas dans les maternités, comme aujourd'hui. Les fillettes arrivaient dans des roses et les garçons dans des choux.

Certains même naissaient dans des bénitiers, disait-on. Ils avaient été refusés par des mamans trop malheureuses pour les accueillir, alors elles les déposaient devant la porte d'un couvent ou d'une église, ou même dans un bénitier de l'église. Ils devenaient des enfants trouvés.

Enfants abandonnés, ils étaient recueillis par les sœurs de la Providence, ces religieuses coiffant leur tête d'une grande cornette blanche. Chez elles, ces bébés se retrouvaient parmi d'autres qui deviendront frères et sœurs de misère, car même avec un grand cœur, les religieuses les accueillant ne pouvaient remplacer une vraie maman.

Par une sombre et froide nuit de mars, un bébé fut déposé devant le couvent de la Providence, au

Puy, chaudement enveloppé. Un papier épinglé sur les langes portait : « Je m'appelle Rose. »

C'est ainsi que Rose entra dans la grande famille de l'orphelinat. Garçons et filles étaient reçus dans un établissement différent.

Il fallait une grande discipline pour régir tout ce petit monde grandissant, aussi étaient-ils répartis selon leur âge en trois sections vivant séparément : la pouponnière, puis jusqu'à douze ou treize ans, et enfin les grandes. Cours de récréation à heures différentes, réfectoires et dortoirs distincts.

La vie était austère dans ces bâtiments cernés de hauts murs les séparant du monde réel. La deuxième section recevait l'instruction d'une école primaire, les grandes s'occupaient à l'ouvroir, le tout baignant dans une atmosphère de prières à longueur de journée et faisant suite à une messe dite le matin par un vieil aumônier.

Le dimanche, c'était la sortie du couvent pour assister à la grande messe à la cathédrale. Alors défilaient ces filles rangées en colonne par trois, toutes revêtues d'un uniforme bleu sombre, coiffées d'un grand chapeau de la même couleur.

À la cathédrale, elles avaient leur place tout au fond de la nef centrale, derrière les paroissiens ordinaires.

Une autre occasion de sortie se présentait lorsque le couvent était demandé pour « meubler » des enterrements. Là, on y emmenait surtout la deuxième division.

Le couvent était payé pour que ses pupilles viennent joindre leurs prières à celles de la famille du défunt.

Cela laissait le défunt indifférent, mais sa famille tenait qu'à l'occasion de son départ pour l'autre monde, l'église soit bien garnie et que de nombreuses prières soient adressées à Dieu…

Une fois plus grande, Rose se joignit donc à ses sœurs d'infortune pour répondre en chœur aux prières de l'officiant ou de la sœur qui les accompagnait, cela machinalement, sans âme, sa pensée comme ses regards allant surtout vers les enfants de chœur, dont l'aube blanche contrastait étrangement avec la robe qui faisait d'elle une petite fille, pareille à toutes ses sœurs adoptives. Cette uniformité dans la tristesse était en parfaite concordance avec cette vertu appelée modestie, principale règle enseignée et imposée journellement.

Pas le moindre signe distinctif dans la coiffure ou le vêtement qui puisse attirer le regard sur l'une d'elles. Tout au plus, en parlant de ce petit troupeau d'enfants, aurait-on pu en désigner une en disant : la plus grande ou la plus petite de tel rang. Des cheveux eux-mêmes, on ne voyait rien de leur couleur, toute la coiffure était bien cachée sous le chapeau à larges bords qui faisait de ces visages un seul visage : celui d'une orpheline.

Au retour de chaque sortie en ville, Rose pleurait en silence. À son réveil son oreiller était souvent baigné de larmes. Elle allait sur ses douze ans et enviait les filles de son âge qui pouvaient circuler autrement qu'en rangs serrés. Elle les sentait heureuses de donner la main à leur maman, se souriant, toutes bien vêtues et côtoyant les rangs de ces déshéritées sans même leur jeter un regard. Était-il normal qu'il y ait de telles oubliées, défilant en silence, par rangs de trois depuis le départ du couvent jusqu'au retour où la surveillante les accompagnant trouverait encore quelque prétexte pour les sermonner ?

Rose sentait monter en elle la rancœur contre sa situation, la rancœur contre cette institution, contre ses règles où tout est interdictions ou ordres.

« Jouez, Rose, que faites-vous là, plantée comme un piquet ? Ne vous appuyez pas au mur, rejoignez le milieu de la cour ! » Puis trois claquements des mains ordonnaient de se mettre en rang pour rentrer en classe ou à l'ouvroir. Ici, tout en récitant prière sur prière, on occupe toute cette jeune main-d'œuvre à la couture.

« Je n'en puis plus, se disait Rose. Mais pourquoi donc n'ai-je pas de maman ? Mon Dieu, Sainte Vierge, que j'invoque comme père, comme mère, donnez-moi une vraie maman ! »

Une fête de quartier se préparait en ville. Cette fête ne sera point pour les orphelines, bien sûr ; personne ne penserait à les inviter et ce serait bien les soumettre à toutes les tentations que de leur laisser même entrevoir ce qu'est une réjouissance publique. Par-delà leurs hauts murs, elles entendront de la musique, les pétarades d'un feu d'artifice, et ce sera peut-être là l'occasion d'une lecture supplémentaire du livre de piété que chacune d'elles doit lire à son tour, debout, tandis que ses compagnes ont le nez dans leur assiette.

Comment savaient-elles qu'il allait y avoir une fête ? C'est parce qu'on leur faisait confectionner des fleurs et des guirlandes de roses en papier qu'elles ne verront point suspendues chez elles.

Des roses ! Rose s'y appliquait, elle voulait se confectionner une de ces fleurs rien que pour elle, la plus belle rose de l'atelier, mais où la cacher ? Elle ne pouvait même pas la mettre auprès de son lit alors qu'elle la voudrait là, près de sa tête, la sentir même, car pour elle, elle aurait une odeur, c'est sûr, le même parfum que celles du massif qui orne le milieu de la cour et qui, avec l'apparition du soleil, ouvrent leurs corolles et libèrent ce parfum qu'elles savent garder pour elles seules sitôt la nuit venue.

« Je la cacherai dans mon corsage. J'éviterai de la froisser. D'ailleurs, je ne la ferai pas éclose, mais juste en bouton qui ne s'ouvrira qu'au soleil, c'est-à-dire jamais puisqu'elle vivra cachée. »

C'est ainsi que Rose garda secrètement ce bouton de rose qui ne sera que pour elle et où elle a mis tout son cœur, toute son imagination, tout son doigté.

Dans le brouhaha de l'ouvroir, où il y avait un peu de relâchement à la discipline habituelle, personne ne s'aperçut que Rose avait glissé son petit chef-d'œuvre sous le haut de sa robe.

La voilà heureuse. Enfin, elle avait quelque chose à elle, vraiment à elle. Ah, si elle pouvait l'accrocher à son vêtement pour embellir cette triste vêture ! Ici, ce serait pécher de le faire, ici, tout doit être uniforme !

Non, elle n'était plus uniforme, elle n'était plus comme les autres, même si cela ne se voyait pas pour le reste du monde, elle se savait maintenant différente de ses sœurs adoptives. Elle en éprouvait de la satisfaction. Pendant les récréations, elle ne restait plus collée au mur, elle souriait presque lorsqu'elle conversait avec son secret.

Noël approchait, Noël était là. La crèche était montée, des chants répétés ; il y aura une petite fête dans l'orphelinat, une petite gâterie sera ajoutée au repas. Certes, elles n'assisteront pas à la grandiose messe de minuit, mais à la grande messe du matin comme à leur habitude, s'y rendant toujours par rangs de trois.

Elle se trouverait bien punie de ne pas participer à ces sorties où elle voyait, observait, tout en restant dans les rangs.

Elle plaignait une aveugle qui cachait ses yeux absents derrière des lunettes noires et tendait sa sébile à l'entrée comme à la sortie des offices en disant : « Pour une mère aveugle, s'il vous plaît ! » Et quand une piécette lui était jetée, elle remerciait par un « Dieu vous le rende ! ».

Que lui était-il donc arrivé à cette malheureuse ? Quelque accident sans doute, car son visage encore jeune ne pouvait laisser penser que son infirmité lui était venue avec l'âge.

Quand les orphelines défilaient devant elle, elle le devinait, sans doute, aux pas qui se succédaient régulièrement sur les marches de l'escalier de l'église. On dit que les aveugles ont un sens inconnu des voyants, et sachant qu'elles ne pouvaient rien lui donner de même que la sœur les accompagnant, elle se taisait alors. Statue muette telles celles ornant le porche, elle attendait que ce défilé s'écoule pour reprendre à nouveau : « Pour une mère aveugle, s'il vous plaît ! »

Rose compatissait au malheur de cette mère qui ne pouvait voir son ou ses enfants ; elle se disait parfois : « Nos peines se rejoignent ; moi, j'ai une mère que je ne peux voir et cette aveugle a peut-être une fille qu'elle ne voit pas non plus, mais elle peut la toucher, l'embrasser. Ah, comme j'aimerais aussi pouvoir toucher ma maman, l'embrasser ! »

Et soudain, elle qui récitait les prières d'une façon absente, se mit à penser, à demander avec une grande ferveur : « Mon Dieu, rendez-moi ma maman ! »

Maintenant, Rose voulait toucher cette aveugle, sentir ce qu'est une main de vraie maman. Si elle avait une piécette, elle saurait s'arranger pour serrer cette main tout en faisant son geste de charité, la surveillante les accompagnant ne le verrait pas, et si elle ne pouvait le faire à la prochaine messe, ce serait à la suivante, elle y arriverait. De cela, elle en était de plus en plus certaine et de plus en plus impatiente.

Mais où trouver une pièce de monnaie ? Elle y pensait surtout avant de s'endormir et là, chaque soir dans une prière de plus en plus insistante. « Mon Dieu, implorait-elle, rendez-moi ma maman ! » Puis elle fit cette même prière à la Vierge Marie, puis à tous les saints du paradis : « Rendez-moi ma maman ! Rendez-moi ma maman ! » Devant le silence du ciel, les invocations se terminaient par une pluie de larmes.

L'orphelinat se rend une fois de plus à l'église pour meubler quelque enterrement de notable. La mère aveugle n'est pas là ! Rose en est surprise. À la grande messe du dimanche, elle n'est toujours pas là. « Mon Dieu, faites qu'elle ne soit pas malade, faites que je la revoie ! » Et ses prières étaient profondes et sincères, et son sommeil tardait à venir.

Cette rose en papier, qu'elle cache à tout le monde, lui échappe en se déshabillant. Bien vite, elle la ramasse, personne ne l'a vue. Son visage s'éclaire soudain ; elle joint les mains : « Merci mon Dieu, merci Marie ! Je n'ai pas d'argent pour donner à la maman aveugle, eh bien, je vais lui offrir cette rose, je vais la mettre dans sa main, je vais enfin toucher une main de maman. »

Dimanche arrive, du plus loin qu'elle peut, elle scrute le porche de l'église. L'aveugle est là ! Elle entrouvre sa robe de bure, saisit la rose secrète et, discrètement, la met dans la main de l'aveugle en appuyant bien fort :

« Merci, belle enfant ! » s'entend-elle dire, et le défilé continue.

À la sortie, Rose dévisage l'aveugle. Qu'est devenue sa rose de papier ? L'aveugle la tient dans sa main et semble lui adresser un sourire.

Le soir, avant de s'endormir, elle revoit la sortie de l'église : l'aveugle lui souriait ! « J'ai rêvé, se dit-elle, pourtant, elle semblait moins triste que d'habitude et elle m'a bien dit "Merci, belle enfant" ? Je rêve, je rêve. Comment sait-elle que je suis belle ? Moi-même, je ne le sais pas, je ne me suis encore jamais vue dans un simple miroir, chose inconnue au couvent. À peine ai-je pu discerner mes traits dans une vitre du sombre couloir. Mais elle aurait aussi bien pu le dire à n'importe quelle autre fille de l'orphelinat, c'est tout ! »

Il lui tardait de revoir et l'église et l'aveugle. Oui, elle l'aperçoit toujours plantée au même endroit. « Mais sa tête n'est plus immobile ! Elle est tournée vers nous, elle nous attend ! Je n'ai plus de rose à vous donner, chère madame. C'est comme si elle cherchait parmi nous ! Ces yeux qui ne voient pas me suivent, elle sourit à mon approche. Je rêve, je deviens folle, mais qu'est-ce qui se passe dans ma pauvre tête ? Je me fais des idées. À la sortie de l'église, je serai de l'autre côté de la file, je verrai bien. »

Elle en oublia les répons à l'officiant, n'ayant qu'une idée en tête : observer cette statue qui lui semble avoir pris vie.

Mais oui, elle en est sûre maintenant, elle lui a souri quand elle s'est trouvée face à elle. Elle a deviné parmi la colonne d'enfants trouvés que c'était elle, Rose, qui lui avait donné un bouton de rose bien flétri malgré les précautions prises, un faux bouton de rose sans parfum si ce n'est l'odeur de son corps.

Elle ne peut plus supporter les leçons, ni l'atelier, ni ses tutrices, ni ses compagnes, elle est hors d'elle-même. Cette scène hante ses nuits. Comment toucher à nouveau cette main, cause de son trouble, cause de son malheur, car elle se sent maintenant plus abandonnée encore ?

Le dimanche d'après, l'aveugle n'est plus là. De nombreux dimanches se suivent sans qu'apparaisse la femme aux lunettes de nuit, aux vêtements râpés, au châle effiloché cachant son cou et ses épaules, au chapeau d'une autre époque.

Sans doute est-elle malade, pensa Rose qui ne vivait plus que pour ces moments de rencontre silencieux. L'absence se prolongea tant que Rose pensa à une mort possible, puis bientôt certaine. La voilà désespérée mais à qui confier sa peine, elle qui a vécu ce rêve secret ? Elle seule a vu ce qu'elle a cru voir. Qui d'autre de ses camarades ou des surveillantes avait jeté un regard sur ce visage immobile parmi l'immobilité des colonnes de pierre ? Personne d'autre assurément, les surveillantes surveillant leur troupeau, le troupeau défilant dans une indifférence de routine, les autres fidèles jetant sans regard leur sou dominical dans la sébile, geste et aumône de tradition et de bon ton pour qui fréquentait l'église.

Qui s'inquiéta de cette absence en dehors de Rose ? Oh ! sans doute quelque enfant à qui on remettait régulièrement un sou à l'approche de l'église pour la pauvresse en fit-il la remarque, mais tout s'arrêta là. Elle n'est plus là et eux-mêmes n'y pensèrent bientôt plus.

Un hiver de plus s'est écoulé à travers ces froids corridors, ces salles de classe, cet ouvroir à peine tiédi par un inconstant et faible chauffage.

Les sorties habituelles n'ont pas été interrompues quel que soit le temps. C'est toujours par le même itinéraire de rues étroites aux pavés parfois glissants, parfois noyés dans la gadoue que la même colonne d'orphelines se rend à la messe dominicale.

Mais voici que la nature se réveille doucement. Les marronniers de l'avenue, jusque-là dénudés, sans vie, paraissent vouloir sortir de la léthargie générale imposée par la nature. Les passereaux, disparus de la ville, reviennent, se poursuivent d'arbre en arbre en poussant de petits cris pour saluer un soleil lui aussi plus présent, plus généreux. Le printemps attendu, désiré de tous va doucement s'installer, apportant avec lui le renouveau, l'espoir.

II

Le dortoir des grandes

ROSE AVAIT DOUZE ANS, c'était l'année de sa communion solennelle. Avec ses sœurs du même âge, elle devait chaque jeudi répondre aux questions de l'aumônier les interrogeant sur le catéchisme où tout est questions et réponses. Que de chapitres ! Que de questions ! « Qu'est-ce que Dieu ? Qu'est-ce qu'un mystère ? Les commandements de Dieu, les commandements de l'Église… »

Mais il faut tout savoir pour être digne de figurer parmi les communiantes honorées dans le cérémonial. Rose s'appliquait à donner réponse à toutes ces questions. C'est si beau d'être communiante. Elle fut reçue.

Ce jour de solennité était attendu. Il changeait tellement de l'ordinaire ! L'austérité habituelle était rompue. Les communiantes devenaient reines d'un jour. Jour que la mère supérieure déclarait être le plus beau jour de la vie. Des attentions particulières, des sourires, des compliments abondaient.

Les communiantes ne portaient pas ces belles robes blanches semblables à celles des mariées, plus belles les unes que les autres, achetées à grands frais par les familles des paroissiennes aisées, mais seulement un petit voile léger retenu à la tête par une couronne de roses en papier que leur offraient leurs compagnes aspirantes au même cérémonial.

Après un repas qui était bien celui d'un jour de fête, les vêpres suivaient et là toutes ces fillettes se consacraient à la Vierge Marie. On entendait alors le chant traditionnel :

« Prends ma couronne,
Je te la donne,
Au ciel, n'est-ce pas,
Tu me la rendras
Au ciel, n'est-ce pas,
Tu me la rendras ! »

Oui, cette première communion solennelle restait un souvenir d'enfance inoubliable.

C'était aussi la dernière année des journées dans la cour des petites, et des nuits dans le dortoir des petites.

Dès l'année suivante, on était devenue grande ou considérée comme telle. Rose changera de division, de surveillante, de dortoir, et fera connaissance avec l'ouvroir.

Une dame se présenta au couvent, demandant à voir la mère supérieure.

« Je vous remercie, mère, d'avoir bien voulu me recevoir. Je voudrais vous soumettre mon cas. »

La mère supérieure avait devant elle une femme d'une trentaine d'années, au visage ayant souffert, cela se devinait sans peine, de mise soignée, sobre dans un tailleur uni et de couleur sombre tel qu'il convient à une dame devenue veuve.

Sa gêne incita la mère à la faire asseoir sur un tabouret, tandis qu'elle-même, s'attendant à quelque longue confession comme elle en avait entendu bien d'autres, prenait place dans un grand siège rustique avec repose-bras, qui était depuis des siècles la place de l'autorité conventuelle.

« Je vous écoute, madame.

– Mère, je suis veuve et vis seule depuis quelques années ; j'éprouve un grand besoin de compagnie et désirerais devenir tutrice et sans doute adopter une de vos filles. J'ai besoin de donner ma tendresse, mon amour à une enfant qui remplacerait ma fillette prématurément disparue il y a douze ans ce printemps. Est-ce possible ?

– Sans doute, madame, mais il faut que vous le demandiez à l'administration de l'Assistance publique, et c'est assez long ; cela nécessite d'abord une enquête permettant de connaître vos dispositions à vous occuper d'une de ses pupilles, cela se comprend.

– C'est tout à fait normal. Vous me donnerez, s'il vous plaît, toutes instructions utiles. Au cas où je serais agréée, pourrais-je choisir la pupille que j'aimerais prendre avec moi ?

– Certes non, on ne choisit pas chez nous comme on choisit une bête sur le foirail ! Cependant, nous tenterons autant que possible de vous donner satisfaction selon la tranche d'âge que vous désirez et la tâche qui, chez vous, sera celle de notre pupille.

– Sa tâche à remplir sera celle qui aurait été pour ma propre fillette. Elle aurait eu ses douze ans cette année, vous ai-je dit, et elle serait encore écolière.

– Nous avons eu cinq communiantes cette année, donc cinq filles de l'âge de cette fillette regrettée que vous avez prématurément perdue. »

Et de son secrétaire, la mère sortit un grand livre qui ressemblait à un livre de comptes. C'était bien là un livre de comptes, si l'on peut dire, puisque figurait en début la liste des entrées et sans doute aussi celle des sorties. Les pages intérieures portaient le nom de la pupille ; suivait tout un chapitre concernant ce que l'on pourrait appeler : état civil, religieux et comportement de l'enfant.

« De l'âge de douze ans, nous avons : Denise Coupat, une brave petite fille, Mireille Leurette, qui aura douze ans ce mois-ci, Rose Mars, qui les a eus au printemps, Ginette Peigné, Yvette Durieu. Dès la rentrée de septembre, leur occupation principale sera l'ouvroir et les travaux que doit connaître toute bonne ménagère.

– J'entends jouer dans la cour, pourrais-je les voir à travers les vitres ?

– Mais, bien sûr, ce sont justement celles de six à douze ans. Vous verrez comme elles sont heureuses de jouer, heureuses d'être sous l'aile de la Providence, notre couvent. »

Toutes deux regardent à travers les vitres du couloir.

« Oui, en effet, elles font plaisir à voir. Cependant, l'une d'elles, là-bas dans le fond de la cour, semble se tenir à l'écart, sans doute est-elle fatiguée ?

– Ah ! c'est Rose, celle-là. Depuis quelque temps, elle est perturbée. C'est l'âge qui le veut, on peut avoir quelques problèmes. Peut-être aussi pense-t-elle à son intégration prochaine avec les grandes…

– Mais sans doute, c'est bien elle qui a le plus besoin de moi. Merci, mère, je vais prendre contact avec l'Assistance publique. »

La grande fête de Pâques arrivait. C'est dans la solennité qu'était célébrée cette date anniversaire de la résurrection du Christ. Un bon repas suivait, et commençait le dernier trimestre clôturant pour un temps la vie citadine des pensionnaires de la Providence. Elles rejoignaient un vieux manoir proche, en demi-altitude, profitant là de deux mois de vacances pour donner un peu de couleur à leurs joues ternes.

Là, si les grandes avaient toujours leur dortoir à part, les longues soirées se passaient ensemble dans la grande cour. Les promenades se déroulaient dans cette campagne aux vastes horizons, toujours par rangs de trois, mais le silence n'était pas de rigueur. On côtoyait le laboureur allant aux champs, vachers et vachères conduisant leur troupeau au pré, tandis que dans le ciel l'alouette s'élevant droit vers le soleil chantait sa joie de vivre.

Après de joyeuses rondes succédant au repas du soir, une petite cloche sonnait l'heure du coucher.

C'était une semi-liberté où l'on vivait presque avec les gens du village voisin. On connaissait le garçon boucher qui venait jusqu'aux cuisines, de même la fermière qui les approvisionnait. Traversant le village, on y voyait les mêmes gens. Des dentellières avec les fuseaux de leur carreau à dentelle, qui saluaient les sœurs, mais ignoraient leurs pupilles. Il en était de même de toute personne les croisant : ce sont les orphelines qui passent !

La corvée d'épluchage des pommes de terre qui au couvent était réservée aux grandes était là partagée avec la deuxième section, de même que la vaisselle. C'étaient des leçons pratiques pour toute ménagère. Seront-elles ménagères un jour ?

Sur la fin du séjour au grand air, mère Clarisse, la supérieure, vint passer quelques jours au manoir.

Elle appela à son bureau les petites devenues « grandes » d'un coup, les questionna sur leur séjour dans cette belle campagne, sur leurs années passées à l'orphelinat, leur rappelant le grand bonheur de vivre dans cette grande famille de la Providence. Elle leur dit la joie qu'elle éprouvait de les avoir sous sa protection, comme enfants, de les savoir si bien éduquées et aussi la satisfaction, la joie intérieure qu'éprouvaient leurs éducatrices, car le bonheur n'est pas dans la jouissance des biens mais dans celui que l'on procure aux autres en se dévouant pour eux.

L'entrevue, un sondage des cœurs, se terminait invariablement par : « Rose, ou Mireille, ou Yvette, tu es en âge de bien te raisonner, à l'âge de prendre des décisions qui t'engagent pour la vie entière. Est-ce que tu n'aimerais pas te rapprocher encore plus de notre institution ? Faire une année de noviciat ? Là, tu y parfairais ton instruction, tu serais prise en charge par une vraie tutrice qui serait pour toi une maman… »

Sondage des cœurs, mais aussi orientation professionnelle un tant soit peu intéressée. Rose pensait à tout autre chose, à fuir sa pension pour faire comme ces vachers et vachères qu'elle enviait, qui s'en allaient seuls, responsables de leur petit troupeau, se débarrasser bien vite de cet uniforme qui signalait à tous les passants qu'elle était une orpheline, une enfant trouvée, « fille de bénitier », expression qu'elle ne connaissait pas encore.

Oui, elle avait pensé à s'échapper, à courir se mettre sous la protection de quelqu'un. Peut-être de cette mère aveugle, mais qui avait subitement disparu. Ici, elle pourrait aisément, croyait-elle, aller se cacher dans une des fermes proches, mais elle en serait rejetée, dénoncée. Qu'adviendrait-il alors d'elle ? On l'emmènerait sans doute dans une maison disciplinaire, cette maison dite « du Bon Pasteur » dont elles étaient menacées par une sœur, dite tourière, peu gâtée par la vie car toute ratatinée, acariâtre au possible, qui de temps à autre remplaçait une surveillante. Jalouse de toutes ces filles pleines de vie, elle ne pouvait souffrir leurs exclamations un peu bruyantes lors des récréations.

Les vacances terminées, on rejoignait l'orphelinat pour y vivre les sempiternelles cérémonies et sorties par rangs de trois, les sempiternelles recommandations à bien se conduire.

Mais peut-être reverra-t-elle un dimanche la femme au grand fichu et aux lunettes noires, cachant ses yeux fermés ? C'est un espoir qui compensait un peu son regret de quitter cette belle campagne.

Le premier dimanche de sortie, l'aveugle n'était pas là ! Déception. Par ailleurs, Rose fut intégrée dans la section des grandes et là des camarades lui confirmèrent que certaines anciennes sont parties pour aider dans des fermes qui en font la demande. Elles n'en reviennent plus, s'y font une nouvelle vie. Mais pour qui sera le tour prochain ?

Rose, la belle enfant, se vit prise sous la protection de Ginette, une fille de seize ans, qui d'entrée lui déclara : « Je serai ton amie. » Ginette était sous la menace d'un séjour en maison de correction, pour son indiscipline manifeste.

N'avait-elle pas dit publiquement à la surveillante qu'elle se sauverait un jour où on la conduirait encore prier à ces enterrements d'inconnus, où tout est triste, depuis le défilé silencieux par rangs de trois, jusqu'au catafalque, aux tentures noires de l'église, à ce défilé l'une derrière l'autre pour aller baiser une plaquette représentant le Christ, plaquette qu'essuie machinalement le curé après chaque baiser des paroissiens et des orphelines !

Aussi Ginette, jusqu'à ce qu'elle fasse acte de repentir, était de toutes les corvées plus qu'à son tour, privée de sortie en ville même pour la grande messe du dimanche.

Au dortoir, Ginette occupait le lit le plus proche de l'alcôve à rideaux où couchait la sœur surveillante. Dans la cour comme à l'atelier, Ginette cherchait à se rapprocher de Rose. Elle aurait aimé pouvoir converser librement avec elle, lui tenir la main, mais aucune occasion ne se présenta. Ici, il n'y avait plus de rondes dans la cour et dans les leçons de politesse, il leur était souvent rappelé que « jeu de mains est jeu de vilains ».

Dormir dans le dortoir des grandes n'a créé aucune surprise à Rose. Cette vaste chambre était en tout point semblable à celle des plus jeunes. Les lits distribués le long du couloir central se faisaient face, la tête vers le mur. Les fenêtres éclairant ces espaces étaient du côté cour. On ne voyait rien d'extérieur à l'établissement si ce n'est le haut du rocher supportant la chapelle Saint-Michel, et celui où se dresse la célèbre statue de Notre-Dame de France, dominant la ville.

Tout semblait être conçu pour que le Diable, régnant à l'extérieur du couvent, ne puisse y entrer malgré ses malices et inspirer à ces jeunes vierges des pensées impures.

La prière du soir était dite à genoux, au pied du lit, puis on se déshabillait prestement et les voilà au lit, chacune livrée à ses propres pensées avant que ne vienne le sommeil qui faisait tout oublier des peines, des angoisses et accordait quelquefois des rêves d'une vie souhaitée, fleurant la liberté. La vie en famille était souvent l'objet de leurs rêves.

Toutes se voyaient loin. Elles fonderaient un foyer et prodigueraient à leurs enfants la tendresse qu'elles n'ont jamais connue.

Comme ses compagnes, Rose ne voyait de salut qu'à la campagne, royaume de la liberté. Elle ne pouvait oublier vachers et vachères s'interpellant sur le chemin des pâturages. Comme elle les enviait.

Elle ne pouvait oublier ces paysans allant au pas de leur attelage, leurs pas lents d'hommes ne semblant point pressés. Ils savent ce qu'est le temps : l'homme ne peut rien contre lui, il n'a jamais commencé et il ne finira jamais. Quelle sagesse chez les hommes des champs !

Vivre à la campagne, au pays des larges horizons, comme ça devait être beau, des champs, des prairies, des bois sans fin. Des terres où fleurissent tant de fleurs, où chantent les oiseaux, vrais paradis sur Terre, voilà ce qui meublait le sommeil de Rose dormant entre des draps grossiers et une lourde couverture qui la tenait au chaud.

Que de rêves, que de rêves se vivaient là, dans ce dortoir prison des corps, mais non de l'esprit qui, lui, vagabondait librement.

L'âge avançant, les grandes pourraient s'en aller vers quelque ferme ayant besoin de bras féminins, et il se disait que l'on s'y marie parfois. Elles espéraient, elles attendaient leur tour. Heureuses ont été les orphelines qui ont quitté l'établissement étant petites, car parmi elles aussi il y eut des départs vers des parents adoptifs.

Pourquoi Ginette était-elle encore là ? Tel est le sort !

En attendant, la vie monotone, terriblement monotone restait à supporter et, chaque soir, une fois la prière dite, une fois les lumignons du dortoir éteints, il n'y avait plus qu'à dormir et rêver, si possible, à une vie meilleure.

Dans le dortoir des petites, la surveillante soufflait sa bougie sitôt les autres lumières disparues, ici la surveillante veillait bien après l'extinction des feux, restant l'oreille à l'écoute de tout bruit rompant le silence de la nuit, de tout soupçon de conversation. Elle n'hésitait pas en ce cas à se promener dans le couloir d'entre les lits, son bougeoir à la main, pour constater si toute chose est bien en place, si tout le monde dort.

Ces premières nuits surprirent un peu Rose, dont le lit se trouvait vers le milieu de la rangée. Elle ne retrouvait pas son sommeil habituel. Aussi suivait-elle les ombres chinoises qui se projetaient sur le rideau de l'alcôve de leur chien de garde. Elle eut tout loisir de découvrir les détails du coucher d'une sœur de la Providence. Il était très délicat de quitter cette coiffure blanche aux ailes déployées. D'après les gestes perçus, Rose pouvait compter le nombre d'épingles et autres artifices la retenant solidement campée sur la tête avant qu'elle soit soigneusement déposée sur une petite table touchant le rideau. Quitter la robe d'une sœur de la Providence pour la remplacer par un vêtement de nuit demandait aussi un certain temps.

C'est alors que cette adepte de Saint-Vincent-de-Paul prenait la coiffe de nuit cachant sa chevelure coupée ras et, saisissant alors son bougeoir, elle faisait une dernière ronde le long des lits où tous les yeux se fermaient à son approche.

Rassurée sur la tranquillité de ses filles, elle gagnait alors sa couche pour un profond sommeil.

Rose avait observé tout cela car dormir dans un endroit nouveau n'accorde pas un sommeil immédiat.

Ginette non plus ne dormait pas, la surveillante s'attardant un peu trop à son gré pour sa dernière inspection, et se mettant à ronfler, car elle était une dormeuse ronflant fort.

« Ce soir, se disait-elle, il fait trop nuit, je ne saurais me déplacer à tâtons sans déranger quelqu'un. Il faut attendre qu'un ciel plus clément m'accorde un peu plus de clarté. »

Où voulait-elle donc aller ? Que projetait-elle ? S'enfuir ? Non, une fois la grande porte du couvent fermée, on ne peut plus quitter ces lieux aux murs très hauts. Connaissait-elle les quartiers de la lune ? Certes non, mais elle savait qu'il y avait des nuits plus claires que d'autres, et ce qu'elle savait surtout, c'est qu'elle avait besoin d'amour ; un sang nouveau parcourait tout son être, tout son corps était en besoin, un désir indéfinissable la poussait à se palper partout ; elle y trouvait du plaisir.

À pas de loup, une nuit, alors que ronflait la surveillante, Ginette quitte son lit et, se guidant au toucher par les lits, elle arrive jusqu'à celui de Rose en plein sommeil. Elle l'embrasse éperdument. Rose ne sachant ce qui lui arrive, pousse un léger cri de surprise vite réprimé.

« C'est moi, Ginette, laisse-moi t'embrasser », et elle l'embrasse follement sur cette bouche qu'aucune autre n'avait touchée, cette bouche de douze ans, peu gourmande encore.

« Je reviendrai, je suis ton amie. »

Et elle repart bien vite se mettre au lit.

Voilà Rose soudain transformée. Elle n'a pas rêvé ! « Est-ce possible que je sois aimée de quelqu'un ? Moi qui me suis toujours crue abandonnée de tous. Elle reviendra, m'a-t-elle dit. » La voilà tout autre, sa journée est toute changée ; elle aussi cherche maintenant les occasions de se rapprocher de Ginette ; le couvent redevient tout autre pour elle, elle va rire à l'occasion comme elle avait entendu rire, mais jamais fait. Elle n'en avait jamais éprouvé le besoin, ne sachant point participer à cette chose nouvelle pour elle.

Le soir, au coucher, pendant le cérémonial habituel de la prière, les yeux de Rose et de Ginette se cherchent maintenant. Rose n'arrive pas à réaliser vraiment ce qui était arrivé. Y voit-elle un péché, une faute grave, un manquement à la discipline ? Oui, elle en est sûre, mais ce n'est pas de son fait. Ce rapprochement nocturne, clandestin, devient pour elle à la fois désiré et troublant. Elle pressent un plaisir défendu donc appelant des sanctions.

Appréhension et désir ne la laissèrent pas en paix et elle ne dormit guère de la nuit. Elle attendait ces baisers nouveaux, mais Ginette ne revint pas. La cloche du réveil la vit maussade, elle en vint à pester contre cette amie qui n'avait pas tenu parole. Sitôt qu'elle put, Ginette lui adressa un sourire, son expression disant : « Je n'ai pu venir. »

Elle ne pouvait lui expliquer que si la surveillante avait bien ronflé, comme à son habitude, sa voisine de lit ne faisait que semblant de dormir. La veille, l'ayant aperçue quitter son lit puis y revenir prestement, elle voulait en savoir plus et restait aux aguets. En fille expérimentée, Ginette l'avait bien compris et la délation étant la bienvenue dans l'institution, il ne fallait point trop se risquer.

Il en fut ainsi quelque temps et Rose avait retrouvé son sommeil habituel. Oh, bien sûr, elle n'avait pas oublié ces chauds baisers surprenants d'un soir, mais la vie normale avait repris son cours dans sa monotonie forcée, aux horaires bien précis. Pourtant, il suffisait d'un sourire complice entre les deux filles pour revivre en partie cette échappée courant vers des plaisirs défendus.

Rose dort. Rêve-t-elle ? Ginette est là, elle l'embrasse et, sans mot dire, soulève la couverture et se glisse entre les draps de ce lit bien étroit, au risque de pousser Rose hors du lit. Elle prend ce corps de jeune adolescente qu'elle veut nu et l'embrasse partout, partout depuis le haut jusqu'en bas, s'attardant à ces petits seins naissants, voulant toucher, découvrir, caresser les parties les plus intimes de ce jeune corps de vierge qu'aucune main, aucune bouche autre que les siennes n'ont encore touché.

Rose, stupéfaite, béate de sensations inconnues, ne sait pas répondre à tous ces attouchements. Elle voudrait se laisser aller à soupirer, mais tout cela doit rester dans la discrétion la plus absolue.

Ginette, assouvie de plaisir, voudrait la mordre encore mais la quitte bien vite après des baisers en en demandant d'autres mais… plus tard !

Elle regagne son lit la tête lourde, l'esprit obscur ; sa voisine dort pour de bon et elle-même succombe bien vite au sommeil profond.

Rose s'agite, le sommeil ne vient pas, elle réalise sans trop. Voudrait-elle encore Ginette à ses côtés ? Sans doute, elle ne sait. Que de choses nouvelles, quelles sensations inconnues jusque-là viennent de lui être révélées ! Elle sent encore ces baisers fougueux, ces mains à la fois douces et vigoureuses saisissant tout son corps. Quels moments ! Quelle nuit !

Des chuchotements étaient parvenus jusqu'aux oreilles de mère Clarisse.

Un certain soir, aux approches de minuit, mère Clarisse, un bougeoir à la main entra, venant inspecter le dortoir aux lits alignés de part et d'autre de l'allée centrale. Il était trop tard pour Ginette de regagner son lit, ce lit qui lui avait été désigné exprès près de la « guérite » de la surveillante. Elle se jeta prestement sous le premier lit de sa propre rangée, puis rampa, rampa, alors qu'une pupille l'ayant aperçue cria à tue-tête : « Ma sœur, il y a quelqu'un ! Il y a quelqu'un ! » réveillant ainsi une partie du dortoir.

« Chut ! » fit mère Clarisse qui avait déjà commencé son inspection, élevant son bougeoir au-dessus de chaque lit, une fois à droite, une fois à gauche. Le lit de Ginette était vide, elle s'y arrêta sans s'attarder et continua l'inspection. La fautive, de son côté, rampait, rampait, ne bougeant plus au passage de la lumière. Bien troublée, elle regagna son lit sans pouvoir se cacher à sa voisine, qui n'avait pas innocemment parlé de déplacements nocturnes.

Mère Clarisse ne posa pas de question, seul son regard interrogeait chaque lit, regard de policier connaissant son affaire.

« Mère, j'ai vu quelqu'un, s'entendit-elle dire à son passage.

– Chut, tais-toi, c'est l'heure de dormir. »

Et ce regard de policier s'était légèrement attardé sur le lit de Rose où une tête à demi cachée sous des draps bien en désordre faisait semblant de dormir, tremblant de peur.

L'inspection terminée, mère Clarisse passa devant le lit de Ginette, maintenant occupé par une dormeuse au visage enfoui sous les draps.

Tout est en ordre, la surveillante laissée à ses rêves, la porte d'entrée se referma. Mère Clarisse tenait l'essentiel de l'énigme, les détails seront pour demain. Pas de scandale dans cette maison, ici tout se réglait en silence.

Cueillie par mère Clarisse après la prière du matin, Ginette n'était pas au réfectoire. Persuadée de ce qui l'attendait après son équipée nocturne, Ginette a pu glisser à l'oreille de son aimée : « Je te reverrai. »

Mise au pain sec, les questions pleuvaient sur Ginette, prisonnière dans ce bureau tant redouté des pupilles de la Providence.

« Où étais-tu quand j'ai fait ma ronde ? Avec qui étais-tu ? »

La coupable finit par admettre qu'elle n'était pas aux latrines comme elle l'avait d'abord soutenu. Lui faire avouer chez qui elle était fut plus difficile. C'était bien amicalement qu'elle était allée souhaiter une bonne nuit à Rose.

Vint l'interrogatoire de Rose en présence de Ginette.

« Dis-moi ce que faisait Ginette dans ton lit ? »

Rose ne pouvait pas croire que Ginette avait révélé ce qui s'était passé entre elles.

Elle se mit à pleurer sans pouvoir répondre. Aucune parole ne pouvait sortir de sa bouche. Elle sanglotait bruyamment sentant venir sur elle une punition terrible, sans doute quelques prémices de l'enfer, toujours prêt à s'ouvrir sous ses pieds.

Au repas de midi, il fut solennellement annoncé que pour indiscipline, Ginette avait quitté la Providence pour le Bon Pasteur.

Deux dames l'avaient en effet embarquée avec elles dans une voiture cellulaire et fouette cocher. Ginette, la tête haute, avait jeté un regard de défi à mère Clarisse et allait rejoindre d'autres filles indisciplinées.

Le Bon Pasteur était connu de tous au Puy : un couvent austère clos de hauts murs et d'une porte massive où l'on ne pouvait entrer qu'après avoir tiré une sonnette. Alors, une religieuse venait ouvrir un volet protégé extérieurement par une grille en fer forgé, s'enquérait de ce que voulait le visiteur et n'ouvrait la porte qu'à bon escient.

Le haut du bâtiment était occupé par les dortoirs éclairés de l'extérieur par des fenêtres haut perchées s'étirant tout en largeur. C'est là que des religieuses se chargeaient ou plutôt essayaient de remettre dans le bon chemin des filles mineures pensant trop tôt à des aventures alors permises qu'après un mariage officiel.

Un ouvroir, réputé par ses délicates broderies, occupait ces filles qui n'aspiraient qu'à la liberté et auraient aimé voir s'abroger les ans qui les séparaient d'un monde réel.

Rose ne fut pas mise au pain sec, aucun reproche public ne lui fut fait : mère Clarisse paraissait avoir oublié la chose.

En fait, elle fut remise au plus vite à la première personne venue chercher une aide temporaire.

III

En route vers le village

« VOICI LA FILLETTE, monsieur Sauvignet, dit la mère supérieure quand Rose entra dans son bureau.

– Eh bien, répond le vieux paysan, vous m'aviez promis quelqu'un pouvant faire ma vachère, mais voilà une jolie fille de douze ans. Et elle s'appelle Rose, un joli nom, ma foi. Nous n'avons pas de roses dans le jardin, nous en aurons une dans la maison. Voilà qui est beau.

– Au revoir, Rose, sois heureuse !

– Au revoir, mère supérieure.

– Allez, la filhoune, grimpe dans la voiture, dit le vieil homme. Le marchepied est un peu haut. Ce n'est pas du confort chez nous et couvre-toi bien, car le temps de vrai printemps ne vient pas vite et je ne t'emmène pas dans un pays bien chaud. On a mis ton paquet de vêtements derrière, c'est parfait. On démarre, oh ! n'aie pas peur, ne crains rien du démarrage. Avec notre Bichette, on n'a pas à courir pour la suivre. Elle se fait vieille mais nous débarrasse bien pour nous déplacer. »

Les voilà juchés et d'un signe au revoir, mère !

« Au revoir à tous deux ! »

Mais point d'au revoir de la part de Rose !

« Quel beau quartier tu habitais ici, ma petite, ce rocher Saint-Michel tout près, cette cathédrale là-haut, et plus haut encore cette statue colossale de Notre-Dame de France. Jamais je n'avais vu tout cela à la fois. Il faut venir jusqu'ici pour découvrir toutes ces belles choses. Tu avais vraiment un joli point de vue depuis la Providence. »

L'homme parle beaucoup, et Rose ne sait que répondre :

« Oui, monsieur.

– Oui, monsieur ! Holà ! Holà ! on ne m'avait encore jamais dit monsieur ! Tu entends, Bichette, je suis devenu un monsieur, comme monsieur le maître d'école, monsieur le curé ! Je suis monté en grade, tout cela parce que ma vachère s'appelle Rose. Ça fait tout de même drôle : monsieur le paysan ! J'aurais dû m'acheter un chapeau de monsieur, et quitter ma blode. Mais chez nous au village, je suis Antoine et même le père Antoine pour les plus jeunes.

Bichette, la montée de Saint-Laurent est terminée, allez, un peu plus vite !

Je ne prends pas le fouet pour elle, il faut respecter les vieux. Elle me comprend à ma voix et moi aussi je comprends bien qu'elle a de la peine à monter les grimpettes, non à cause de la charge, à nous deux, nous ne sommes pas bien lourds, mais à cause de ses jambes qui ont assez tiré. Je la laisse aller son train, je pense que moi aussi un jour je traînerai les jambes. Il est beau d'être jeune comme toi !

Tiens, voilà l'église des Carmes, ce n'est plus ton quartier, tu ne la connaissais pas.

– Oh si que je la connais ! répond Rose. Nous y venions en rangs par trois.

– Par trois ? C'est à croire que ce nombre est imposé par quelque règlement. Les lycéens sortent aussi par rangs de trois, fiers de se montrer dans leur costume bleu marine, avec une veste aux boutons dorés, une casquette avec des palmes d'or. Il en est de même des élèves du Pensionnat, avec une étoile d'or sur leur casquette.

Ils sont remarqués en ville ; tiens, dit-on, voilà le Lycée ou le Pensionnat qui passe, et pareil pour les filles en tenue sombre aussi avec une coiffure différente selon leur école. C'est beau de les voir aller en ville. Et nous, les soldats, pendant notre "temps" dû à la patrie ! Tenue différente selon l'arme à laquelle on appartenait. Toujours par trois et au pas cadencé, s'il vous plaît, sitôt que nous entrions en ville : une, deux, une, deux ! Alors que nous rentrions harassés d'une marche d'une journée. On peut dire qu'on nous en faisait baver !

Sacré régiment, va, il vaut mieux ne plus y penser. Nous attendions avec impatience le “rompez les rangs”, tu peux me croire.

Mais pour vous autres, de la Providence aux Carmes, ça vous faisait une sortie en ville.

– Oui, en silence », dit Rose.

Et Antoine reprend :

« Ah ! nous, au pas cadencé, nous chantions :

“Jeanneton prend sa faucille,
Lalirette, lalirette,
Jeanneton prend sa faucille,
Pour aller couper des joncs !”

C’est loin tout ça, mais ça vous reste en mémoire. On en bavait mais on était jeunes ! Une fois tout cela passé, entre conscrits de divers régiments, on était fiers d’avoir été recrutés aux chasseurs alpins à la fourragère jaune ou au 152e “les Diables rouges” ! Mais pourquoi te parler régiment à toi qui es une fille qui ne connaîtra jamais cela ?

– Parce que vous alliez en rangs par trois ! répond la fillette.

– Peut-être, ça laisse de tels souvenirs ; trois ans de régiment, ça compte dans la vie ! soupire Antoine.

– Oui, ça laisse des souvenirs… Et je garderai les vaches, monsieur ? demande Rose.

– Ne m’appelle pas monsieur, je te l’ai déjà dit. Voyons, comment pourrais-tu m’appeler ? Tonton ?

Non. Père Antoine, comme disent les gosses du village ? Mais père Antoine, ça me fait trouver un peu vieux ! Tiens, disons pépé Antoine, cela convient mieux, tu pourrais bien être ma petite-fille. Je n'ai pas eu d'enfants, ma Justine et moi l'avons bien regretté.

Mais oui, mais oui ! Pépé, mémé. En arrivant, tu lui diras mémé, oui, mémé Justine ! Quelle surprise pour elle ! Ah ! ça lui fera plaisir. Bonjour, mémé Justine ! Ah ! je vois ça. Oui, tu seras notre petite Rose.

Tu me demandais si tu garderais les vaches ? Bien sûr, bien sûr, ma femme ne peut plus le faire, ne peut plus les suivre. Elle marche péniblement depuis sa chute d'un char de foin. Quelle malchance, nous étions heureux tous deux d'exploiter notre peu de terre sans trop nous presser. Elle était avec moi aux champs quand il fallait être deux et la voilà maintenant tournant autour de sa cuisine et de la maison avec une béquille. Elle a de la peine à aller jusqu'à la fontaine pour en ramener un petit seau d'eau.

Quelle malchance ! Oui, c'est toi qui mèneras au pré nos trois vaches : la Noire, la Blonde et la Marcade.

– Les vaches ont un nom ? s'étonne Rose.

– Mais oui, comme toi et moi, comme tout le monde. Comment ferait Coquet, notre chien, si tu ne lui nommes pas la vache qui va trop loin, qu'il faut faire "ravirer".

– Le chien s'appelle Coquet, et il voudra de moi ? Il me laissera entrer dans votre maison ? Il viendra avec moi au pré ? demande Rose.

– Ah ! là, c'est sûr, je te présenterai à lui, je lui dirai, voilà Rose ta nouvelle maîtresse. Il sera fier d'avoir une jeune maîtresse au lieu de deux vieux bougonneurs qui ne peuvent plus jouer avec lui et qui oublient de le caresser de temps en temps comme doit le faire tout bon maître.

Allez, Bichette, un peu plus vite, nous sortons du Puy et de ses rues pavées et glissantes sous tes fers. C'est ici le ruisseau dit le Dolaizon et le pont des Cendres, nous prenons la route de Brives. Tu connaissais ce quartier ?

– Ah ! non, on ne nous menait en ville que jusqu'aux églises lors des enterrements », regrette Rose.

Et Antoine reprend sa conversation :

« Ah ! Nous sommes sortis de la ville par le quartier qu'on appelle le Pouzarot, quartier de petites maisons, de rues étroites, s'entremêlant, où habitent les petites gens : souvent journaliers chez les jardiniers qui font pousser les légumes sur toutes les bonnes terres entourant Le Puy, ou chez quelque artisan, leur patron. Il y en a même qui font les chiffonniers ; ils parcourent la campagne à la recherche de vieilles choses hors d'usage et des peaux de lapin, en criant : “Péllarot, péllarot ! Oh, les peaux !” On les appelle les “fatáires” car les vieux vêtements, tout le vieux linge n’est qu’une “fate”. Ce quartier n’est pas bien renommé.

Allez, allez, Bichette, un petit trot, c’est ici le plat de Bellevue. Je n’ose trop la pousser la pauvre vieille, mais il faut bien que nous arrivions avant la nuit ! Mémé Justine nous attend.

– Vous m’emmenez loin ? interroge Rose.

– Loin ? Oui et non, mais la route monte et descend en montagnes russes. Notre pays est le pays bossu comme il se dit et Bichette ne peut aller qu’au pas de ses vieilles jambes.

Mais voici que nous descendons la côte de Tirebœuf, c’est vraiment pentu et je vais mettre la mécanique sur les roues pour ralentir la voiture et soulager notre brave jument.

Nous allons traverser Brives et remonter de l’autre côté de la vallée par la “calade”, ce qui signifie voie pavée. Nous voilà sur la Loire que nous traversons sur le pont Neuf ou pont Galard, et regarde en amont ce qui reste du vieux pont que certains disent être romain.

– La Loire, c’est le plus long fleuve de France, récite Rose, il se jette dans l’Atlantique près de Saint-Nazaire après mille kilomètres de parcours.

– Bravo, petite. Tu sais bien ta géographie. Moi aussi je l’avais appris à l’école, avec tous les affluents, et sur la rive gauche et sur la rive droite.

En ce moment, la Loire n'a pas beaucoup d'eau, mais elle sait devenir méchante, très méchante, quand elle déborde ! Surtout à l'automne.

Ici, il y a de grands moulins qui écrasent le grain et fournissent la farine à tous les boulangers de la région. C'est par une chute d'eau que tous les rouages sont mis en route pour écraser, trier, tamiser le tout, pour séparer le son de la belle farine blanche. Je n'ai jamais visité ces grands moulins, mais nous en avons aussi, chez nous, qui ne tournent pas en permanence car le ruisseau qui les alimente n'est pas assez fort. Là on crée un barrage derrière lequel s'accumule l'eau, puis, une fois plein, on lui donne libre cours en ouvrant une écluse réglable. Alors le ruisseau devient une chute qui tombe sur la grande roue à aubes.

Oh, qu'elle est mauvaise cette montée de la calade, heureusement pour Bichette que nous ne sommes pas des poids lourds !

Nous voici dans la zone des argiles. De cette grande entaille à flanc de montagne est tirée l'argile que l'on cuit dans cette maison à hangars, pour en sortir les tuiles qui couvrent les maisons d'ici. Il y en a une autre où se fabriquent les "biches", ou récipients à lait.

Le village à côté s'appelle "la Triouleyre", ce qui signifie la "tuilerie", le "trioule" en patois d'ici, c'est la tuile.

– Vous m'en apprenez des choses, monsieur !

– Monsieur ? monsieur ? mais où vois-tu ton monsieur ?

– Merci, pépé.

– À la bonne heure ! Oui pépé, pépé Antoine.

– Je vois des vaches là-bas mais point de vacher…

– Oh ! c'est qu'il ne fait pas chaud et il a dû se mettre à l'abri derrière le mur. Chez nous, on ne sort pas encore les vaches. S'ils ont déjà mis leurs vaches au pré, c'est peut-être parce qu'il n'y a plus guère de foin dans la grange.

Depuis Brives, nous montons toujours, aussi il me semble qu'il fait frisquet. Tu n'as pas froid au moins ? Tu devrais mettre ton manteau. Allez, ouvre ton paquetage, il ne faut pas prendre froid mal à propos.

Ho ! Bichette, que la petite regarde dans son paquetage. »

Le balluchon remis par la mère supérieure est bien maigre. Il n'y a pas de manteau et Rose se met à pleurer.

« Ne pleure pas, Rose, que se passe-t-il ? »

Pépé Antoine a vite compris, il n'insiste pas, et dit vite :

« Nous allons arriver au col du Pertuis, l'endroit le plus élevé de notre parcours. Nous prendrons quelque chose de chaud chez la mère Riouffreyt qui tient auberge. Bonjour, mère Riouffreyt.

– Bonjour, père Antoine. Vous avez trouvé de la compagnie en route ?

– Oui, de la compagnie et que je vais garder pour moi et que ma Justine va être contente de garder aussi. Elle s'appelle Rose. Servez-nous vite quelque chose de chaud, un café pour moi, et pour toi, petite, que veux-tu ? »

Rose, transie de froid, se frottait les mains et ne répondit pas.

« Donnez-lui un chocolat, les jeunes aiment bien ça. Sur cette voiture sans bouger, nous n'avions pas bien chaud, il faut le reconnaître et je ne voudrais pas que ma petite vachère prenne froid en route.

– Ainsi, vous avez loué une vachère ? Avec votre femme maintenant impotente, elle ne sera pas de trop à la maison, c'est sûr. C'est quelqu'un de votre famille ?

– Oui, c'est la fillette d'une petite-cousine à Justine, qui habite au Puy. Il y a trois enfants à la maison. Rose va venir passer ses vacances chez nous, cela la sortira de la ville où l'air ne vaut pas celui de nos "sucs". Chez nous, elle va prendre des couleurs. Ne pleure pas Rose, oui, bien sûr, ça t'éloigne de ta famille, de tes sœurs, mais ce n'est pas le bout du monde, tu te feras des copines, des copains, des garçons, des filles de ton âge, qui seront heureux de connaître une fille de la ville.

Votre café sent bon, mère Riouffreyt, et le chocolat de la petite aussi. Vous devez bien avoir quelques gâteaux secs ? Faites-les-nous goûter.

À propos, comment va votre Léa, votre serveuse ? Cela fait bien longtemps que je n'étais pas venu chez vous, car mes allées en ville sont rares, ce n'est plus le temps où je faisais le "touchadou" conduisant le bétail des marchands sur le foirail lors des grandes foires du Puy !

Elle savait sourire à tout le monde, demandait des nouvelles et puis disons qu'elle était mignonne.

– Eh bien, je vois que ça fait longtemps que vous ne vous êtes pas arrêté chez moi. Léa s'est mariée, et je crois qu'elle a fait un bon mariage. Elle le méritait bien, elle qui n'avait pas de famille, elle sera heureuse d'en créer une, dit l'aubergiste.

– Votre café m'a réchauffé, et toi, Rose, comment te sens-tu ? On aurait dû prévoir un châle en partant, on se croit toujours revenu aux beaux jours, et ce printemps traîne les pieds. Ne pourriez-vous pas nous prêter un châle un peu chaud, mère Riouffreyt ? Je vous le ferai passer un de ces jours sans tarder, propose Antoine.

– Mais si, mais si, on voit que la petite n'est pas bien à son aise, elle a dû avoir froid en effet. Tiens, prends celui-ci sur les épaules et même sur la tête, puisque tu n'as pas de coiffure. Et même cette couverture pour mettre sur vos genoux, à vous deux, la bise n'est pas chaude, comme vous disiez père Antoine, le printemps n'est que sur le calendrier des Postes, il n'arrive pas vite pour de bon.

– Ah ça oui, l'herbe ne pousse pas vite ! Nous ne sommes pas près de sortir les bêtes au pré et la fenière se fait petite !

Allez, hue, Bichette, un petit trot pour te réchauffer toi aussi. Serre-toi de moi, petite, mets bien la couverture sur tes genoux. Encore une demi-heure de route et nous serons arrivés, nous nous mettrons au chaud, près de la grande cheminée. Coquet et la patronne nous attendent. Allez, allez, ne pleure pas. Que dirait mémé Justine si elle voyait que tu as pleuré pour venir chez elle ?

– Pépé, pépé, embrassez-moi, embrassez-moi, je suis folle, je rêve. »

C'est Rose qui embrassa pépé, et celui-ci, de son coude, essuya ses yeux mouillés.

« Ne crains rien, Rosette, tu es la bienvenue à la maison. Nous avons toujours attendu une fille, la voici qui nous arrive. Nous serons heureux tous les trois. Lafreyde, notre village, n'est pas grand, tu en connaîtras bien vite tous les gens : les Brunot, qui ont une fillette de ton âge, les Ganot aussi, les Mouleyre et leur nombreuse famille et Pierrouni à peu près de ton âge et puis l'Andrelou, dit du Bosc, notre plus proche voisin et d'autres des fermes et villages alentour. En voilà une bande de jeunes qui s'en vont chaque matin à l'école, qui se trouve à près de quatre kilomètres. Aussi portent-ils leur repas dans une gamelle et le font réchauffer sur le poêle de la classe. Tu te joindras à eux, car il est bon que tu ailles à l'école avant que nous sortions les vaches au pré pour de bon.

– J'irai à l'école ? s'étonne Rose.

– Mais bien sûr, ça sert toujours d'avoir été à l'école, et à la sortie, quand il sera temps, tu emmèneras les vaches au pré ainsi que Bichette, et en compagnie de Coquet, ce brave chien. Ce sera pour après Pâques, regarde les prés, ils ne sont pas encore enherbés. Si en sortant du Puy tu as vu quelques vaches au pré, c'est que le coin était plus ensoleillé, mais peut-être aussi, je te l'ai dit, que leur maître n'avait plus grand-chose dans sa grange. Certaines années, le foin manque tellement qu'il faut vendre quelques bêtes de trop à l'étable. Ça ne fait pas plaisir. Tiens, notre Bichette mange autant de foin sinon plus qu'une vache et elle ne fait rien d'autre que de se promener jusqu'au pré et de nous emmener à la messe. Je voulais presque m'en débarrasser, mal m'en aurait pris, mémé est tombée du char et elle ne veut pas manquer sa messe du dimanche ! Plus question d'y aller autrement qu'en voiture ; Saint-Gal est bien à cinq kilomètres ; et puis quelle chance de l'avoir gardée, je n'aurais pas pu aller chercher une petite Rose au Puy ! Eh bien, oui, tu pourras la soigner notre Bichette ! Tu pourras même la chevaucher pour pousser les vaches jusqu'au pré.

– Je pourrai y monter dessus ? interroge la fillette.

– Mais bien sûr, elle est bien paisible et, vu son âge, elle ne risque pas de se mettre au galop.

Tu t'es réchauffée, Rosette, ça va mieux, il ne faut pas que mémé Justine te voie venir les larmes aux yeux ! Qu'en penserait-elle ? Lafreyde, c'est le village que nous apercevons là-bas, nous n'en sommes pas loin. Ce nom signifie que le village est froid, vu son exposition au nord et sa position contre cette haute taupinière que nous appelons le Suc. Mais il y a un bon feu à l'intérieur et puis regarde comment sont bâties les maisons : de gros murs supportent un toit couvert de larges pierres que nous appelons des lauzes. Notre maison est celle tout à droite. La cheminée fume, la soupe sera prête. Je suis sûr que Coquet sait que nous approchons ; il a l'oreille fine, il reconnaît le bruit des roues de notre voiture parmi toutes les autres. Il va courir à nous.

– Pépé, pépé ! pleure doucement Rose.

– Allez, on ne pleure plus, tu es arrivée chez toi dans ton village. Regarde, le Coquet vient en courant. Il a vu que je n'étais pas seul. Il s'interroge, il m'interroge.

Viens vite, Coquet, voici ta nouvelle maîtresse avec qui tu iras garder les vaches, avec qui tu les conduiras boire à la fontaine ou au ruisseau. Elle s'appelle Rose.

Tu veux une caresse, tu ne m'avais pas vu de la journée. Allez, approche. »

Jusque-là, Coquet, heureux de revoir son maître, remuait fortement la queue et japillait doucement de plaisir, et le voilà qui hésite, renifle l'air et s'approche pour sentir d'abord les pieds de cette inconnue. Il se laissa caresser par elle. Elle était adoptée.

« Ça y est, dit Pépé, il te reconnaîtra maintenant entre mille. Descends, Rose, donne-moi la main, il te renifle encore mais remue la queue… oui, il sera ton compagnon.

Et regarde derrière le rideau soulevé de la fenêtre, mémé Justine t'épie, la coquine, et même l'Andrelou, le voisin que nous appelons Drelou et dont je t'ai parlé, je l'aperçois faisant "coucou" entre les portes de son étable, mais il est bien trop timide pour venir dire bonjour dès aujourd'hui ; ce sera pour une autre fois. Tu vois que tu étais attendue !

Mais oui, mais oui, Bichette, je vais te libérer, patiente, je vais présenter Rosette à mémé Justine et je reviens. »

« Eh bé ma ferna, aqui la droletta, s'appèla Rose, dit Antoine à sa femme.

– Bonjour, mémé Justine ! salua Rose.

– Ah bé ça ! m'appeler mémé Justine au premier coup, qu'une filhoune ! Viens que je te poutoune. Mais pleure pas comme ça !

– Laissa lo plurà, aquo's de jóia. »

Rose ne pouvait croire à tout ce qui lui arrivait. Un monde si affable, si bon, pouvait donc exister. Comment aurait-elle pu l'imaginer, elle qui vivait jusque-là dans un lieu triste où tout était règles, interdictions !

« Assieds-toi à table, là sur le banc. Je te fais chauffer un bol de café d'orge et du lait. J'ai fait un bon gâteau, tu dois être fatiguée !

– Tu as fait un gâteau ! C'est bien, ma femme, c'est ce qu'il fallait faire. Je vais dételer la Bichette qui doit s'impatienter.

– Avec ma "croche[1]", je ne vais pas bien vite, se plaint Justine. Quelle malchance de tomber d'un char de foin alors que j'étais si "allinge[2]". Quel malheur, il me fait peine que d'aller chercher de l'eau à la fontaine, je ne peux plus suivre les vaches, je suis toute patraque dans ma cuisine. Comment il ne faut pas devenir, mon Dieu.

– Je vous aiderai, Mémé.

– Tu es une brave filhoune, tu as combien d'ans ? demande Justine.

---

1. Croche : béquille.
2. Allinge : leste.

– J'ai eu mes douze ans, j'ai fait ma première communion.

– Ah ça, c'est bien ; le jour de la première communion, c'est le plus beau jour de la vie, me disait ma pauvre mère, et elle avait bien raison ! On est sans soucis à cet âge et ils ne tardent pas à arriver. Je ne suis pas bonne pâtissière, je ne sais faire que ce gâteau-là et j'ai manqué de le faire brûler.

– Il est bien bon, mémé, et votre café au lait aussi. On se sent bien au chaud chez vous, soupire Rose.

– Pour ça oui, le fourneau tire bien et en plus l'étable tout à côté réchauffe notre maison que c'est pas possible.

Depuis cette saloperie d'accident, nous couchons là dans la cuisine. Regarde mon lit, je m'y trouve bien. Tu auras notre chambre là au-dessus, tu y montes par cet escalier. Elle non plus n'est pas froide, la chaleur de la cuisine monte à travers son plancher. J'ai fait refaire le matelas par le cardeur qui est passé, il n'y a pas si longtemps, et j'y ai fait ajouter un "aou[1]" de mouton blanc, tu y seras bien.

Quand on m'a descendu mon lit ici dans la cuisine, la chambre là-haut restait bien vide. Je ne la voyais pas mais ne pouvais supporter cela. Alors, j'ai décidé de remplacer le lit ; je devinais qu'il

1. Aou : toison

fallait le remplacer et voilà que tu nous arrives pour l'étrenner. Tu sais faire ton lit ? s'inquiète Justine.

– Oh ! oui, mémé, assure Rose.

– Tu l'ouvres bien grand le matin en te levant, ainsi que la fenêtre et les contrevents pour que tout prenne bien l'air du dehors. Nous avons du bon air, ici, ta figure va changer de couleur. Tu vas fermer le tout avant que le soleil disparaisse, car il ne fait pas encore bien chaud.

Entends la soupe qui dardouille[1] dans la marmite. Une fois les vaches "mousues[2]", nous pourrons souper tranquillement. »

Antoine, de retour, demande :

« Alors, vous avez fait connaissance ? Que penses-tu de la mémé, Rosette ? Tu as compris son jargon ? Elle ne peut pas s'empêcher de distribuer de temps en temps des mots que le monde de la ville ne comprend pas. Elle est un peu fâchée avec le français ; d'ailleurs, il en est de même dans toutes les maisons. Même les jeunes une fois chez eux au village, mais, à l'école, il faut parler français. Le maître d'école et les Laïques[3] menacent de punition s'ils entendent parler patois pendant les récréations. Il faut bien apprendre le français pour

---

1. Dardouille : bouillonne.

2. Mousues : traites.

3. Les Laïques : les institutrices.

passer son certificat d'études. Moi, je l'ai eu et je peux encore te réciter par cœur les départements avec leurs préfecture et sous-préfectures. Ça reste dans la tête, ça !

– Te voilà bien avancé avec ça ! Quand est-ce que tu parles français ici ? À qui tu parles français ? À ton chien ? À tes vaches ? À tes voisins ? Allons ! allons ! Ah si, avec le curé, quand tu vas te confesser mais tu n'y vas pas souvent !

– Eh bien, je le parlerai dorénavant tous les jours avec Rosette, cette brave filhoune qui vient de la ville.

J'ai droit au café, moi aussi, au gâteau ? Je l'ai bien gagné de t'amener une si jolie filhoune, hein ? réplique Antoine.

– Oui, mais dépêche-toi, c'est l'heure d'aller mouse les vaches, l'interrompt sa femme.

– Eh bien, Rosette, tu sauras que “mouse” c'est traire. Je me dépêche et tu viendras faire connaissance avec l'étable et la Noire et la Blonde et la Marcade. »

« Ça y est. J'allume la lampe tempête et nous allons voir l'étable et l'établée, pas bien grande ! »

La lampe suspendue à un clou d'une poutre n'éclairait pas grand-chose, mais les yeux finissaient par s'y habituer et l'on distinguait alors sans difficulté, et les vaches et Bichette et leur mangeoire et le râtelier au-dessus.

Rose apprit que chaque vache avait sa place et qu'elle s'y mettait d'elle-même en revenant du pré ou de l'abreuvoir, où on les conduisait trois fois par jour avant ou après les repas. Elles se laissaient docilement attacher le cou à la mangeoire par une chaîne assez bruyante quand elles secouaient leur tête.

Bichette tournait le dos au dortoir des poules accroché aux poutres soutenant la grange.

Pépé Antoine prit une « seille », seau en bois cerclé de fer, une selle à trois pieds, et se mit à presser tout en tirant légèrement sur une tétine à chaque main.

« Ah ! dit-il, il faut savoir traire, sinon les vaches ne l'acceptent pas ou difficilement. »

Dans ce mouvement alternatif des mains, on entendait gicler le lait dans la seille.

« Quand mémé tenait encore sur ses jambes sans cette maudite béquille, elle avait la charge de traire la Noire et la Blonde, moi, j'avais en charge la Marcade. Au changement de mains, la Noire comme la Blonde rechignaient un peu. J'empoigne sans doute les tétines plus fort, et cela les avait surprises.

Est-ce que tu aimes le lait bourru, ce lait qui sort juste du pis de la vache ?

– Je ne sais pas, je n'y ai jamais goûté, répond Rose.

– Tu vas y goûter tout à l'heure. Il ne peut être que meilleur que celui qui a traînaillé dans les bidons depuis la ferme jusqu'à la ville, chez l'épicier.

Recule-toi, recule-toi, en pissant la Blonde t'éclabousserait. Chez nous, l'étable sert de cabinets pour tout le monde, bêtes et gens. J'aurais pu arranger un petit coin au jardin, mais cela reste toujours à faire. Ah ! la campagne, ce n'est pas la ville. Ce recoin là-bas avec une porte, c'est le "castou" du veau. Sitôt qu'ils ont tété leur mère, on les enferme là, et ils n'en sortiront que pour les emmener au marché.

– Et Coquet, où couche-t-il ? demanda Rose.

– Coquet est heureux de coucher là aussi dans le "castou" lorsqu'il est vide et entre-temps le soir, avant de quitter l'étable, je lui laisse un gros sac de jute vers la porte d'étable et il devient alors le gardien de la maison pour la nuit. Au moindre bruit insolite, il nous prévient et, d'après son aboiement, je sais si je dois me lever ou non pour voir ce qui se passe. »

Après la traite de chaque vache, le lait est vidé dans une grande « biche » à lait, grand pot vernissé, muni d'un couloir dont le fond est garni d'une toile servant de filtre, car il arrive souvent que quelques poils de la bête, en mal de liberté, tombent dans la seille à « mouse ».

« Eh bien, la mère, je t'ai laissée dans le noir, depuis que j'ai Rosette, j'avais oublié que tu étais là. Vite que je te donne un peu de lumière », dit Antoine en entrant dans la pièce.

Il alluma alors la grande lampe à pétrole, dite à « suspension ». Les trois petites chaînes la suspendant au plafond faisaient qu'elle descendait assez bas au-dessus de la table de la cuisine. Un grand abat-jour blanc en faïence rabattait sa lumière, ou plutôt sa clarté.

« Ah ! nous n'avons pas l'électricité, chez nous, elle est chez quelques voisins, je ne sais pas si cela sera pour cette année, au moins dans la cuisine.

Allez, mémé, fais goûter le lait bourru à Rosette. Je sens que tu as fait une bonne soupe, nous la blanchirons avec un peu de lait et je pense, petite Rose, que tu la trouveras bonne. Une part de fromage après et nous pourrons aller au lit. Tu aimes le fromage au moins, Rose ?

– Mais bien sûr.

– Quand on change de lit, on dort mal, mais j'espère que tu le trouveras bon après notre voyage en carriole.

– Monte-lui une brique chaude dans ce lit qui n'a pas été ouvert depuis longtemps.

– Tu as raison. Ici, il y a une brique en permanence dans le four du fourneau et on la prend quand il en est besoin. Je monte la brique et ton balluchon, Rosette.

– Enfin, nous voilà à table. Il n'y a pas grand confort chez nous, je te l'ai dit, mais sois sûre que tu auras au moins du pain, et dans ta chambrette tu seras chez toi.

– Merci pépé, merci mémé, je suis heureuse, sourit Rose.

– Ce soir, tu es fatiguée, on ne s'attardera pas à table, allez la Justine, dis-nous vite la prière et nous irons au lit. Tu sais tes prières, Rose ? Bien sûr et tu ne les oublies pas.

– Au couvent, nous les disions aussi toutes ensemble, dit la fillette.

– Tournons-nous vers le crucifix et prions Dieu pour les malades, les mourants, les âmes du purgatoire, les pauvres, les malheureux, les veuves, les orphelins, les voyageurs…

Notre Père, qui êtes aux cieux…

– Tu pleures, Rosette ? Tu n'aimes pas ma prière ? Allez, allume son bougeoir et montre-lui sa chambre, j'espère qu'elle lui plaira. N'oublie pas de souffler la bougie avant de t'endormir, petite, et demain fais grasse matinée. »

Rose sauta au cou de mémé et c'est le cœur gros qu'elle monta l'escalier.

« Voilà, dit pépé, tu es chez toi. Je t'ai laissé ton paquetage sur la chaise, tu as là une armoire pour le ranger, une table de nuit où il y a tout ce qu'il faut. Je la connais la chambre ! Il a fallu ce malheureux accident pour que nous couchions maintenant à la cuisine, dans un lit plus bas, ce qui arrange bien ma pauvre femme pour s'y coucher, seule quand elle veut, même pour y faire la sieste les après-midi, si elle veut.

Allez, bonne nuit, n'oublie pas d'éteindre.

– Embrassez-moi, pépé !

– Oui, allons pour ce soir, mais ça ne se fait pas dans ma famille. On n'embrasse pas les pépés. Ah ! ces paysans ! Ils sont durs, ils ne savent pas cajoler. Leur vie est tellement rude.

Dors bien, bien longtemps, tant que tu pourras, même si tu entends claironner le réveil par les coqs du village. »

IV

Une nouvelle famille

MÉMÉ JUSTINE S'INQUIÉTAIT :

« Tu crois qu'elle va s'habituer chez nous, Antoine ? Elle n'est pas bavarde et pleure en cachette, je l'ai vue, même pour la prière du soir, pourtant elle devait en dire là-bas au couvent. Sûr qu'il y avait même les prières en "lati[1]".

– Je crois que dans ta prière du soir tu devrais supprimer les "orphelins", c'est là qu'elle s'est mise à pleurer à ne pouvoir se retenir, ça lui rappelle trop qu'elle a été abandonnée par sa mère.

– Ah, "moun Diéou", tu as peut-être raison, je n'avais pas pensé à ça, que veux-tu, c'est dans l'habitude de la prière que nous récitait ma mère, s'exclama mémé.

– Moi, ce qui me tourmente, c'est qu'elle n'a pas grand-chose à se mettre sur le dos. Il n'y a rien

1. *Lati : latin*

dans le paquet qu'on lui a donné en quittant la Providence. Qu'est-ce qu'elle a ? Un tablier qui peut faire pour aller à l'école. J'aurais bien voulu l'emmener à la messe du dimanche, pour la faire connaître aux gens du village et de la paroisse. Elle aurait honte d'être mal habillée par rapport aux autres gamines, expliqua pépé.

– Oui, il lui faudrait bien un bonnet sur la tête et un petit manteau, elle aurait honte d'être dans sa robe de l'orphelinat, et les gamins et gamines sans pitié verraient tout de suite que ce n'est pas une fille de ma cousine comme tu as dit à tout le monde, ils l'appelleraient "l'espitalouna[1]". Ce serait terrible pour elle de se sentir méprisée, ajouta mémé.

– Tu ne sais pas, au lieu que je m'achète une casquette comme je fais chaque année, avant que commencent les gros travaux, je n'en changerai que l'an prochain, il n'y a rien qui presse et en compensation tu lui achèteras un bonnet, proposa pépé.

– Aquo farot pas tot ! objecta mémé.

– Non, bien sûr, ça ne fera pas tout.

– Maintenant que je marche avec ma "croche", je n'ai pas besoin de me bien "croire", alors ma "basque" peut bien faire un an de plus.

1. *Epitaloune : fille de l'hôpital*

– Eh bien, la mère, pour une fois nous sommes du même avis, c'est cette brave petite qui nous met d'accord. Ah ! si nous avions eu une petite à nous ! soupira pépé.

– Mais elle est bien un peu à nous puisque tous deux nous voulons en faire une fille heureuse.

Elle va bien dormir cette nuit. Demain ou après-demain comme tu voudras, nous l'emmènerons à Saint-Gal. Il ne faut pas qu'elle sache que tu rentres dans le magasin pour elle », conclut pépé.

La filhoune dormit bien. Après quelques instants de résistance au sommeil qui, lui troublant les idées, l'empêchaient de bien réaliser sa situation nouvelle avec ces pépé et mémé qui se montraient si prévenants, si affectueux, aux petits soins pour leur pupille, elle souffla la bougie, s'assoupit lourdement et sombra dans un sommeil tranquille, réparateur, qu'elle n'avait jamais connu. S'endormir, l'esprit libre, loin de toute surveillante, dans un grand lit moelleux, aux draps réchauffés par une brique, dans une chambre rien qu'à soi, quel bonheur ! Était-ce imaginable ? Quel rêve ! Tout son corps était saoul de satisfactions confuses. Son esprit ne savait comment réagir, sinon sauter au cou de ces mémé et pépé. Ce pépé adorable qui avait presque refusé de l'embrasser ! Pourquoi cela ?

Les coqs avaient chanté et le réveil et leur joie d'être coqs, l'horloge avait égrené régulièrement ses heures et venait de donner les 11 heures quand Rose se réveilla. Un jour lumineux fusait à travers les rideaux au crochet qui ornaient la fenêtre. Rose s'étira longuement, puis s'enfonça prestement sous les draps. Mais où était-elle ?

Ah oui, ce voyage en voiture ! Elle ne réfléchit pas plus longtemps. Un pépé, une mémé devaient l'attendre en bas depuis longtemps. Ah, la table de nuit ! Il y a ce qu'il faut. Elle descendit bien vite l'escalier se sentant peut-être fautive.

Mémé était près du fourneau.

« Bonjour, Rosette !

– Bonjour, mémé. »

Et elles s'embrassèrent.

« Du café d'orge au lait t'attend sur le coin du fourneau. Veux-tu une “part” de beurre aussi ? Tant pis si cela te coupe l'appétit pour le repas de midi qui est proche », proposa mémé.

Et pépé s'exclama :

« Notre Rosette est debout ! Alors, comment as-tu trouvé ce lit, ce grand lit où tu aurais pu te mettre en travers, je pense.

– Il est très doux, pépé, et j'ai dormi jusqu'à maintenant, leur sourit Rose.

– Tu en avais besoin, ma carriole t'avait fatiguée, on y est secoués, mais elle va très bien pour nous emmener, mémé et moi, à Saint-Gal les dimanches pour la messe et moi pour les jours de marché du jeudi, mais cela rarement maintenant. L'avantage sur un char à vaches, c'est que Bichette, malgré ses vieilles jambes, va plus vite que notre Blonde et la Noire attelées.

Je viens de les conduire à l'abreuvoir, la prochaine fois tu viendras avec moi. L'Andrelou, le Louisou et bien d'autres auraient aimé que tu sois avec moi pour te connaître, je les voyais, je les sentais curieux.

Cet après-midi, nous t'emmènerons à la ville, mémé veut y faire quelques emplettes, je lui ai dit qu'elle pourrait tout aussi bien les faire le dimanche à la sortie de la messe, mais c'est une cliente difficile, très difficile à servir, et le dimanche, les commerçants avec l'affluence n'ont pas toujours bien le temps de tout lui déballer. Et puis elle entre pour acheter quelque chose et elle en sort avec tout autre chose. »

C'est ainsi que dans l'après-midi, après avoir hissé péniblement mémé Justine sur la carriole, tous les trois, serrés sur la banquette, s'en allèrent vers la ville, la ville aux cinq coqs, cinq gals en patois devenus Saint-Gal.

« Où allons-nous ? demanda pépé.

– Tu m'arrêtes devant la *Belle jardinière*, je pense y trouver le corsage que je veux, répondit mémé.

– La ville est plus plate qu'au Puy, remarque Rose, point de rochers pointus, point de cathédrale.

– Certes non, n'empêche qu'elle a son bel hôtel de ville avec son écusson aux cinq coqs…

– Je vous laisse donc devant la *Belle jardinière* et j'attacherai Bichette près d'ici. J'irai faire un tour de mon côté. Quand j'achète, moi, c'est vite choisi, mais les femmes », soupira pépé.

« Bonjour, mesdames, vous désirez ?

– Je voudrais voir un corsage, peut-être "une basque".

– Venez par là.

– Faites-moi voir tout ça. »

Et l'on essaya et réessaya, sans trop se décider.

« Essaye encore ça, Rosette, ce bleu me plairait assez, regarde-toi dans la glace.

– Dans la glace ? »

Rosette, toute surprise, découvrit enfin son visage qu'elle n'avait jusque-là qu'entraperçu dans une vitre à peine éclairée par le jour. Vit-elle le manteau ? Elle blêmit, heurta la glace et s'accrocha à la vendeuse, qui la soutint jusqu'à un canapé proche.

« Rosette, Rosette ! moun Dièou de que m'arriba ! s'inquiéta mémé.

– Ce n'est rien, mémé. »

Mais Rose pleurait, puis elle essaya de sourire, de rire même, et se ressaisissant elle sauta au cou de la mémé.

« Merci, mémé Justine ! Merci ! J'ai eu une fatigue, c'est passé. »

Elle se rassit, l'émotion lui ayant coupé les jambes.

« À la bonne heure, tu m'as fait peur. Repose-toi, repose-toi », conseilla Justine à la fillette.

Puis elle demanda à la vendeuse :

« Je voudrais voir un bonnet pour moi, pour le cas où je quitterais mes coiffes. Les femmes à la campagne se veulent maintenant modernes et abandonnent les coiffes. Je ne sais pas si je pourrais m'y habituer, moi. On s'est tellement vu comme ça !

– Là aussi, nous avons le choix, je vous apporte les cartons.

– Eh bien, Rosette, ça va mieux ?

– Oui, mémé, c'est passé.

– Tu m'as fait peur, ça t'arrive d'autres fois ?

– Non, je ne m'explique pas, soupira Rose.

– Regarde-moi ces bonnets, si je quittais mes coiffes, lequel me conseillerais-tu ? demanda mémé.

– Vous voulez quitter vos coiffes ? Vous ne serez plus la mémé qui m'a, comment vous dites ? "poutounné" pour la première fois.

– Ah ! mais si, de ce côté-là ça ne changerait pas. Il ne me faudrait pas des couleurs trop vives, à mon âge ça “ferait” pas. Que dirais-tu de celui-ci ? l'interrogea mémé.

– Je ne sais pas, répondit Rose, toute pensive.

– Voici les bonnets un peu plus fantaisie, proposa la vendeuse.

– Faites voir. Mais ça fait trop jeune pour moi. Fais voir ta tête, Rosette. Ah oui, ça irait très bien pour toi. Mets-toi debout. Et avec ce manteau, parfait. Qu'en pensez-vous, madame ? dit mémé à la vendeuse.

– Oui, pour la fillette, c'est très bien, mais pour bien aller avec le manteau, je choisirais plutôt cette teinte. Regardez, proposa la commerçante.

– Tourne-toi, marche, reviens ! Ma foi, oui, avec ce bonnet j'aurai une jolie filhoune. Reviens vers la glace, regarde-toi », insista mémé.

Et Rose osa, cette fois-ci, s'attarder un peu devant son image.

« Mais vous ne quitterez pas vos coiffes, mémé !

– Non, pas encore, sans elles, on ne me reconnaîtrait plus et je me trouverais tellement changée que je n'oserais plus sortir.

Vous me mettez tout dans la même boîte et pour la petite vous me “garerez[1]” bien quelque chose ! »

D'après la vêture de la petite, la commerçante comprit ce qu'était la petite et lui « gara »* vingt sous du montant des achats.

1. *Garer : enlever.*

« Ah ! pépé Antoine nous attend, il parle à Bichette, il est sûr qu'il doit lui faire quelque commentaire sur mes achats, nous lui en ferons la surprise dimanche, sourit mémé.

– Ça y est, j'avais bien calculé. Combien de cartons as-tu fait déballer. Tu as eu la patience d'attendre, Rosette ! » s'exclama pépé.

Et il ajouta :

« Dis donc la mère, quand on loue un vacher ou une vachère, qu'est-ce qu'on lui doit ? Qu'est-ce qui est convenu, sans être convenu ?

– C'est une devinette ça ?

– Devinette, non, puisque c'est l'habitude. Si je n'étais pas passé devant l'"esclopier", je l'oubliais moi aussi.

– Mais tu as raison, il faut des sabots pour aller dans le village et mener les vaches au pré. Les souliers, c'est pour le dimanche. Je lui brocherai de bonnes chaussettes et elle aura toujours chaud aux pieds et elle pourra plus facilement marcher en sabots, car quand on vient de la ville on ne sait pas marcher avec des esclops.

– C'est moi le patron, c'est moi qui vais choisir les esclops. Allons voir le sabotier. »

L'homme aux sabots eut tôt fait de trouver chaussures aux pieds de Rose.

« Il me les faut en noyer avec courroie à coussinet pour protéger le cou du pied et un dessin gravé sur le devant, précise pépé.

– Voilà ce qu'il te faut, montra le sabotier. Ils ne te gênent pas sur le devant ? Il faut laisser un doigt d'espace entre le talon et le sabot, avec de bonnes chaussettes ce sera parfait. Marche, ajouta le sabotier, reviens. Tu te sens bien ? »

Rose entendait ses sabots claquer allègrement sur le pavé du magasin. Elle se voyait en Cendrillon.

« Pour la petiota, me gararet bé quicometta ! » et le sabotier lui fit une remise de cinq sous. Il en était ainsi pour tous les achats en boutique, sauf chez l'épicier, où les prix du kilo de sel, de la demi-livre de café d'orge et autres restaient fixes.

On reprit la carriole, et l'on parla du village, des prés, où l'herbe ne poussait pas vite, des jeunes, de l'école, de la messe du dimanche.

Et c'est ainsi que sans jamais parler des achats l'on arriva à la maison.

Coquet vint au-devant de la voiture, manifestant sa joie à chacun des arrivants, remuant sa queue et cherchant à lécher les mains de sa nouvelle jeune patronne.

« Tandis que pépé dételle Bichette, monte les achats dans ta chambre, dit mémé à Rose. Pour ta toilette, je t'avais rien dit hier au soir, j'étais tellement surprise ; voici une cuvette que tu mettras sur la petite table qui est près de la fenêtre. Tu viendras chercher l'eau ici dans ce broc, si tu veux de l'eau chaude tu la prends dans la bouillotte du fourneau avec la puisette qui lui est accrochée. Tu prendras une serviette dans l'armoire, il doit y en rester, on n'a pas tout descendu dans celle-ci. Il te faudrait bien une savonnette qui sente bon. J'en avais tellement rêvé quand j'étais jeune, mais je ne les ai vues que sur l'affiche du savon Cadum. Dimanche, tu me feras penser de t'en acheter une. L'eau sale et le pot de la table de nuit, tu jettes tout ça sur le fumier de l'étable ou de celui qui est devant la maison. »

Dans la journée, Rose fit plus ample connaissance avec la maison, elle suivit pépé à la grange, où elle le vit pousser, par des trappes aménagées en conséquence, le foin dans le râtelier des vaches.

Elle le suivit aussi conduisant les bêtes à l'abreuvoir, d'où chacun d'eux ramena un seau d'eau pour la maison.

La nuit tombait ; sur leur passage, quelques visages se plaquaient aux vitres. Puis il y eut la traite, la soupe du soir, la prière :

« Tournons-nous vers le crucifix et prions Dieu pour les pauvres, les malades, les affligés, les mourants, les âmes du purgatoire, les malheureux, les veuves, les voyageurs.

– Les orphelins, mémé ! les orphelins ! N'oublie pas ! je suis orpheline ! »

Et les larmes coulent, coulent à nouveau. Elle se jette au cou de mémé, qui pleure aussi ne pouvant que lui dire :

« Sas mieuna[1] ! répétant tout en hoquetant, “ouei sas mieuna”.

Tu es à nous, ma petite, ne pleure plus ! »

Mais les larmes coulaient toujours, pépé essuyait ses yeux humides. Même Coquet, qui habituellement suivait la prière allongé par terre, truffe ras le sol entre les pattes de devant, se leva et se rapprocha des deux femmes en larmes en poussant de petits grognements plaintifs. De ses yeux doux, il les interrogeait sur leurs peines.

Rose, réagissant, les embrassa bien fort et courut cacher son émotion dans sa chambre.

« Pauvre petite, elle souffre beaucoup d'avoir été abandonnée par sa mère. Mais peut-être que celle-ci était morte quand on l'a confiée aux sœurs ! Et sans doute personne d'autre ne pouvait la prendre en charge, supposa Justine.

– On n'y pense pas assez à ces petits et petites. Laissons-la tranquille. C'est de se voir maintenant acceptée par nous et de penser à ses sœurs de misère qui lui remue le cœur. Il ne faut pas qu'elle prenne pour une charité ce que nous faisons pour elle. Elle entre dans une nouvelle famille, c'est tout, une famille d'adoption où elle a sa place, où elle était attendue, où elle est aimée. Elle le comprend sans doute, mais c'est venu si subitement que ça l'a retournée, ajouta Antoine.

---

1. Sas mieuna : tu es mienne.

– Je n'aurai pas ma "létrécité" de cette année, mais ça peut attendre, affirme Justine.

– Oui, il ne faut pas se presser, on dit que cela attire la foudre, c'est pour cela que beaucoup ne la font pas installer dans la grange à cause du fourrage qui serait vite en feu. Ils installent une lampe seize bougies à la cuisine qui n'éclaire pas davantage que notre suspension, alors qu'est-ce que ça nous changerait. On n'est pas mal avec notre suspension, elle nous manquerait, c'est sûr. »

« Bonjour mémé, bonjour pépé, mais qu'est-ce que mémé accroche sur son bonnet ? demanda Rose en entrant.

– Nous sommes dimanche, ma petite, et je mets ma coiffe de fête, répondit Justine, mon ruban de velours, mon ruban du Velay, qu'on appelle aussi l'Auvergnasse et que pépé, pour se moquer de moi, appelle mes ailes de pigeon. Ah ! il ne se moquait pas de ma coiffure quand il m'a connue. Avec l'âge, on prend le ruban noir, mais quand on était jeunes, c'était la coiffe en soie blanche, bleue ou rose et même décorée de fleurs. Regarde bien, c'est un gros nœud devant qui devient un large ruban sur les côtés de la tête. Ce ruban est flottant. Pour qu'il ne s'agite pas au gré des vents, on y met une épingle ou deux en or qui fixent ces ailes de pigeon, comme dit pépé, à la coiffe habituelle de la semaine. Sur le nœud, on ajoute une petite rosette en or aussi et pour les grandes fêtes on se met un collier en or soutenant un “Saint-Esprit”.

– Un Saint-Esprit ? Qu’est-ce que c’est ?

– Je te le montrerai un jour. C’est une rose plate en or avec des pierreries incrustées.

– En or ! Tu es donc riche, mémé !

– Oh non, pépé n’a pu m’acheter pour notre mariage que la rosette du nœud. Le Saint-Esprit est transmis de mère en fille. C’est l’aînée des filles qui la reçoit au décès de sa mère ? J’étais fille unique, alors c’est ainsi qu’elle m’est parvenue. Bien sûr que j’étais fière de l’ajouter à mes “dorures”. En mon temps, les jeunes filles se coiffaient du ruban de velours à leurs dix-huit ans. On était alors grandes, prêtes à se marier ! Entre filles, il y avait même un petit cérémonial pour cette prise de ruban. Il fallait s’apprendre à bien le poser et l’accrocher : pas trop en avant, pas trop en arrière, c’est tout un art ; heureusement que j’ai un “muralh[1]” pour voir si je l’ai bien mis !

Pépé aura bientôt fini son travail avec les bêtes, il va prendre son pantalon et sa blode du dimanche, et même son chapeau, qu’il met rarement et qui est encore celui de son mariage ! On est économes à la maison. Monte vite dans ta chambre, mets ton joli manteau et ton bonnet, et tu descendras dans un moment pour lui en faire la surprise. »

---

1. Muralh : miroir.

V

L'écolière

« EH BIEN ÇA ! QUI JE VOIS ? s'amuse pépé Antoine, qui est cette petite demoiselle ? Tu nous avais réservé la surprise hein cachottière ! Je vais avoir honte de m'asseoir à côté de toi sur la voiture. Nous serons fiers de te faire connaître aux gens du village et à d'autres de la paroisse. »

Antoine, Justine et Rose, assis dans la carriole, ont pris la route de Saint-Gal. Cette fois-ci pour la messe dominicale, qui est pour tous les jeunes une sortie et l'occasion de rencontres.

Tous les gens des alentours viennent en voiture à cheval, les unes à deux roues comme celle de Pépé, d'autres à quatre roues, signe d'une plus grande aisance. On se permet même de doubler les autres sur la route empierrée, pour montrer que l'on est bien « attelé ». Bichette va son chemin. On se salue, chaque voiturée commentant, à qui mieux mieux, l'autre voiturée.

« Les cloches sonnent, hâtons-nous Bichette, allez un petit trot », dit pépé, en agitant un peu les guides et Bichette fait de son mieux.

Tout autour de la place sont accrochés des anneaux aux murs sans ouvertures et même aux rebords des trottoirs où une cordelette va immobiliser les nombreux attelages pendant le temps de l'office et même plus tard encore, car le dimanche est aussi le jour des rencontres et des emplettes. Les cafés ne désemplissent pas et des groupes se forment où se rapportent toutes les nouvelles du « pays », aussi bien les naissances que celles annoncées, aussi bien les morts que celles prévues. Et ce ne sera que lentement, très lentement, que se videra la place, chaque carriole rentrant à la maison avec quelque paquet soigneusement retenu sur la « fâuda[1] » de la ménagère.

Les jeunes, notamment les classards, ont leur coin de rassemblement propre, entourant, questionnant un permissionnaire heureux de se montrer dans sa tenue, surtout si son régiment a droit au port de la fourragère jaune ou à plus forte raison rouge, décoration attribuée aux corps de troupe qui se sont distingués (sans doute par leur nombre de tués) pendant cette « der des ders ».

1. Fâuda : Giron.

Les filles de villages voisins tiennent « couvige[1] », leurs yeux souvent tournés vers le permissionnaire et les conscrits, se choisissant un futur amoureux, qui ne peut pas encore montrer publiquement sa préférence pour elle, mais qu'elle croit deviner et qui l'a peut-être approchée en secret… Ah, que ces amours sont difficiles !

« Eh bien, Justine, qui est cette jolie filhoune que vous avez amenée avec vous ?

– C'est là ma vachère qui va me remplacer pour garder les vaches. Je ne peux plus le faire. Je ne suis plus bonne à rien, toujours avec cette “croche” sous le bras ! Quel malheur !

– Je te plains bien, toi qui étais si décidée.

– Et pourtant, j'en ai vu des rhabilleurs ! Ils se disent plus forts les uns que les autres et ne peuvent pas même mettre une jambe d'aplomb.

– Si vous essayiez de voir la mère Agassis du Pinet, on dit qu'elle a mis d'aplomb la “vedèle” (génisse) de l'Euphrasie, qui avait sauté du haut du mur de sa porte de grange, conseille l'autre.

– Ah non, c'est mon sort, il faut le garder, c'est tout, conclut Justine.

– Bonjour Justine, bonjour Antoine. C'est la petite fille que vous êtes allés chercher au Puy ? Elle est bien brave. “Comb ot d'ons ?”

1. *Couvige : assemblée.*

– “Doze ons.” (Douze ans.)

– Tu vois, Mélanie, c’est ton âge, vous pourrez jouer ensemble, il faudra venir nous voir. Comment que tu t’appelles ? demande la femme.

– Rose.

– Oh ! le joli nom. Tu as des frères, des sœurs ?

– Oui, s’empresse de répondre Justine. Une petite-cousine à moi a trois filles et nous avons décidé que Rose vienne garder mes vaches, ça lui fera du bien que de respirer l’air de chez nous au lieu de celui de la ville. Je crois bien que j’ai pris la plus bravounette. »

Pépé Antoine, qui était allé trinquer comme chaque dimanche avec de vieux copains, est de retour et demande :

« As-tu fini tes emplettes ?

– Oui, on peut partir.

– Ah, mais voilà le Drelou, la Juliette qui attendent, se ravise Antoine.

Ah, je vois, vous voulez connaître ma petite Rose, dites-vous bonjour ! Vous êtes à peu près du même âge, vous irez à l’école ensemble.

– Elle viendra à l’école ? demande-t-on.

– Mais bien sûr, tant que les grandes vacances ne sont pas là. Ne soyez pas “vergounhous[1]”, venez la chercher après midi pour jouer avec vous. »

---

1. Vergounhous : timides.

Rose ne sait trop que dire, elle ne peut trop s'aventurer. On va lui poser des questions sur ses sœurs qu'elle ne connaît pas. « Il va falloir que je leur trouve un prénom. » Mémé Justine a vite arrangé les choses !

« Rosette, c'est la Juliette qui frappe au carreau de la fenêtre, elle vient te chercher pour jouer avec tous les jeunes du village. Tous veulent te connaître, bien sûr. Je vois là-bas le timide Drelou, mais aussi Pierrou, Louisou et les filles : Marinou Mélinou, que tu as vues ce matin, Anadou… tous les jeunes de ton âge et même les plus jeunes seront là, j'en suis sûre.

Par signe d'affection, on donne un diminutif à tous les jeunes. Cet "ou" ajouté disparaît avec l'âge mais il est bien resté pour certains, plus qu'adultes. »

Rosette a rejoint la bande. Personne ne sait trop que lui dire.

« Allez, décide Juliette, qui paraît bien vouloir sympathiser avec Rose, à quoi allons-nous jouer ?

– Aux "escoundudas".

– Tu sais jouer aux escoundudas, Rosette ?

– Non, je ne vois pas ce que c'est.

– À cachette !

– Je ne sais pas, s'inquiète Rose.

– Tu n'as jamais joué à cachette ?

– Non.

– En ville, c'est peut-être difficile, tandis qu'ici on peut courir n'importe où pour se cacher.

– Mettez-vous en rond, ordonne Juliette. Dans ce jeu, Rose, lui explique Juliette, l'un de nous qui va être désigné comme tu verras, se met face au mur, les yeux fermés pour qu'il ne voie pas où vont se cacher les autres. Une fois cachés, ceux-ci crient : "Ça y est !" et de temps en temps "Ouh, ouh" pour diriger le chercheur. Celui-ci fait de son mieux pour attraper ou simplement toucher un "cherché", qui prendra alors sa place pour chercher à son tour.

L'endroit où le chercheur se met face au mur s'appelle la "plumetta", celui qui peut le rejoindre sans être "plumé" crie "plumetta" et le voilà libre.

Voici la contine qui sert à désigner celui qui doit chercher : il en existe une en patois qui ne veut rien dire, alors pour Rose je vais en dire une en français et je la dis en désignant chacun de vous au fur et à mesure qu'elle se déroule. Je commence par toi, Rose :

"Une poule sur un mur
Qui picote du pain dur,
Picoti, picota,
Lèv' la queue et puis
S'en va !"

Voilà, ça tombe sur la Mélinou, à toi de chercher.

– Viens avec moi, Rosette, dit Louisou, tu ne connais pas encore les cachettes, et il l'emmena dans le hangar de sa propre maison. Ouh, ouh ! ça y est ! »

Le chercheur cherche, découvre, court après l'un après l'autre et a tôt fait d'attraper Rosette, qui ne sait guère courir en sabots !

« À toi de chercher, Rosette !

– Ah non, dit Louisou, elle ne connaît pas encore les cachettes, je vais chercher à sa place. »

L'après-midi se passa ainsi, on se courait après, on riait, heureux d'être jeunes ; ils criaient fort, quelquefois sans grande raison, mais c'est ainsi que l'on manifeste son bonheur de vivre : les appels, les interpellations sonores fusent de partout. C'est l'âge de l'insouciance : tous ces jeunes corps sentent monter en eux des élans leur faisant pressentir un âge nouveau qu'ils sont pressés de connaître.

« On s'est bien amusés, mémé ! »

C'est ainsi que Rosette résume son après-midi, en rentrant à la maison.

« Ils ont été gentils avec toi, tous voulaient te connaître. Voilà qui est fait. À quoi avez-vous joué ? demande Justine.

– On se cachait, et l'un de nous nous cherchait.

– C'était aux escoundudas.

– Oui, je crois qu'ils ont appelé ce jeu comme ça. »

À la maison, les travaux et occupations du soir se déroulèrent comme à l'habitude : pépé à la grange, puis à l'étable, mémé près du fourneau.

La prière du soir vint et ne furent pas oubliés les orphelins pour que le Seigneur ait pitié d'eux, prenne soin d'eux et leur donne, si possible, un foyer tel que celui qui a accueilli Rosette. Cette dernière, bien détendue, heureuse, regagna sa chambre. Sitôt au lit elle va s'y assoupir et dormir profondément. Cette liberté de jouer librement entre garçons et filles lui a révélé un monde nouveau. Libérée des chaînes d'une sévère discipline, elle ne savait qu'en penser. Elle a suivi le jeu avec une certaine retenue, elle n'y participait pas autant que les autres, ce n'est pas elle que l'on a entendue crier.

Elle revoit ce Louisou, qui l'a entraînée dans une cachette. Elle a senti qu'il aurait voulu lui dire des choses qu'il n'a pas osé lui dire, qu'il aurait aimé se serrer d'elle plus qu'il ne faut et qu'il n'a osé faire.

Ces gestes de Louisou lui en ont rappelé d'autres, qu'elle avait mieux accueillis : ils lui font revivre la sensation des mains de Ginette sur son corps, dans la nuit du dortoir des grandes.

Ginette qui avait disparu de la Providence, au lendemain d'une visite nocturne dans son lit. La dernière… Qu'est devenue son amie ?

« Tu iras me chercher un seau d'eau à la fontaine, Rose.

– Oui, mémé, même deux, je peux en porter deux à la fois.

– Alors ne les remplis pas trop, la fontaine ne pisse pas fort, prends ton temps, et ne t'"esjaville" pas avec tes sabots qui doivent encore glisser. Ce soir je rappellerai à pépé Antoine de t'y mettre quelques clous à chacun en attendant de les clouter comme il faut.

– Bonjour Drelou !

– Bonjour Rose !

– Toi aussi tu es à la fontaine.

– Ah oui, c'est moi qui ramasse l'eau, ma mère boite aussi comme la Justine, elle n'a pas de "croche" mais elle s'est "esjavillée[1]" et le "petassàire[2]" lui a mal remis la cheville. Moi aussi, j'm'étais cassé le poignet il y a deux ans. Regarde, il est plus gros que l'autre.

– Tu ne vas pas me dire qu'il y a un bras cassé par famille.

– Non, mais il y en a. Ici, c'est plein de murs, de mauvais chemins et quand c'est gelé, en hiver, on peut se "chiller" et se casser quelque chose. Et

---

1. *Esjaviller : faire une entorse à la cheville.*

2. *Petassaire : rebouteux.*

pourtant je suis allinge, j'aggrave jusqu'à la cime de ce "piboul[1]" et je me fais gronder. Ça y est, mon seau déborde, tu viendras à l'école ?

– Oui, je crois que j'irai.

– Bonjour Rose.

– Bonjour Louisou.

– Tu portes deux seaux, tu es "costaude", moi aussi je le fais, mais tu as vu Drelou, il n'en porte qu'un ! Il faut qu'il fasse deux voyages.

– Peut-être, mais il a un poignet qui ne va pas bien.

– Le poignet ne le gêne pas bien, mais c'est qu'il est pas fort, je l'ai vite roulé par terre. Tu viendras à l'école ?

– Oui, je crois bien. »

« J'ai mis longtemps, mémé ? demanda Rose.

– Non, et peut-être que tu n'étais pas seule à la fontaine. On y rencontre souvent quelqu'un. En été, elle ne pisse pas fort, alors on y fait la queue, pour le plus grand plaisir des jeunes. Ils y vont une fois la nuit venue et s'y amusent entre eux. Tu verras.

– Il y avait Drelou, puis j'ai rencontré Louisou qui voulait me bavarder.

– Ah de ce "garagnàs[2]" ! s'exclama mémé.

– Ils m'ont tous deux demandé si j'irai à l'école.

---

1. Piboul : peuplier.

2. Garagnàs : effronté.

– Tu m'as dit que tu apprenais facilement au couvent.

– Oui, et je préférais les heures de classe à celles de l'ouvroir. Et pourtant c'était plus sévère. Je me souviens des punitions qui étaient données à celles qui tachaient leur cahier avec l'encre violette et surtout de Joséphine qui était gauchère et qu'on a obligée à écrire de la main droite.

– De mon temps, c'était pareil, ma petite, soupire Mémé.

– J'étais en avance sur les autres, et de temps en temps, c'est moi qui apprenais le b.a.ba aux toutes jeunes, dit fièrement Rose. Même en calcul, je savais très bien mes quatre opérations, et je trouvais mes problèmes.

– Moi, j'ai trop manqué l'école, alors je n'y avais pas le goût et en été je sortais avant les autres, quand mon père avait besoin de moi, et souvent je ne rentrais qu'après la Toussaint. Tout ça, c'est accordé aux enfants de paysans quand ils ont besoin d'eux. Ça ne m'a pas empêché de faire une bonne paysanne. L'Antoine était bien content de moi, j'allais avec lui dans les champs, il a fallu qu'il m'arrive ce malheur ! Mal tomber de la charrade !

– Je te remplacerai, mémé, je ferai la charrade, affirma Rose.

– Oh ! j'oubliais mon dîner, il allait être brûlé. Je suis tellement contente de pouvoir bavarder avec quelqu'un, là chez moi ! Tu n'auras pas besoin d'apprendre à faire l'"esparchi" toi, je serai là, puisque je ne sors plus de la maison.

– L'esparchi ! qu'est-ce que c'est ? demanda Rose.

– C'est le repas de midi, on dit "esparchinà" au lieu de dîner. J'ai fait une "rasclette", avec un œuf dessus, tout cela bien doré, tu verras tu t'"agaveras[1]" bien. Appelle pépé qui est à la grange. Dis-lui que c'est l'heure de manger.

« L'esparchi sent bon, pépé, viens vite, c'est l'heure de manger.

– Eh bien, toi, tu as bonne tête, tu retiens vite les mots que tu ne connaissais pas. »

« Tu nous as fait là une bonne rasclette, la Justine, apprécia Antoine, il faudra maintenant penser à aller trouver la "Laïque" pour l'école.

– Mais c'est bien à toi à t'en occuper, je peux pas y aller seule et puis tu sais mieux parler français que moi, objecta Justine.

– D'accord, et je lui demanderai de la laisser sortir à deux heures, au lieu de trois, quand j'en aurai besoin.

À la campagne, Rosette, l'école va six heures de rang, on y porte son manger.

1. *Agaveras : régaleras.*

Demain, c'est jeudi, jour de vacances. J'irai trouver la Demoiselle pour lui expliquer tout ça, elle est jeune, je ne la connais pas. »

La maison d'école était isolée aux Quatre-Chemins, un carrefour se trouvant à peu près à équidistance de trois ou quatre hameaux et fermes isolées.

Chaque village avait plaidé pour avoir l'école chez lui, mais la municipalité fut sage d'en décider ainsi, car selon les années c'était tel ou tel autre village qui dominait les autres par sa population scolaire.

Ainsi, la jeune institutrice se trouvait-elle aussi isolée de toute population d'adultes, la ferme la plus proche apparaissait dans la campagne à deux cents mètres de là.

Pépé salua :

« Bonjour, mademoiselle, je suis l'Antoine de Lafreyde, le mari de la Justine qui s'est cassé une jambe. Nous avons pris cet été, pour nous aider, une fillette d'une cousine à ma femme qui a trois filles à la maison, ça la déchargera, elle, et nous, ça nous arrangera bien. En attendant les travaux de l'été, nous aimerions que vous la preniez à l'école.

– Mais bien sûr, père Antoine, elle a quel âge ?

– Douze ans, je crois.

– Si elle a bien suivi l'école jusque-là, je pourrais la présenter au certificat d'études l'an prochain, avec d'autres élèves de cet âge qui ne sont pas encore assez avancés pour cette année.

– Comment s'appelle-t-elle ?

– Rose.

– Rose comment ?

– Ah ça ! je ne le sais même pas, je connais même pas cette cousine éloignée de ma femme. C'est bête de ma part de ne pas lui avoir demandé ! Où ai-je la tête ! s'inquiéta Pépé.

– Où est-elle née ? demanda l'institutrice.

– Au Puy, dit Pépé, rassuré.

– Il me sera donc facile de demander en mairie sa fiche d'état civil. Vous me l'envoyez dès demain, n'est-ce pas ?

– Oui, et il faudra la laisser sortir à deux heures quand j'en aurai besoin. Elle vous apportera un petit mot.

– Entendu, puisque le recteur l'autorise. »

« C'est entendu, Rosette, demain je t'emmène à l'école, j'attellerai Bichette et nous emmènerons Drelou avec nous. Il te présentera aux autres écoliers. La maîtresse m'a demandé ton nom, tes prénoms, au cas où tu en aurais d'autres, ta date de naissance, eh bien, je n'ai pu lui répondre, je suis vraiment gâteux de ne pas te l'avoir demandé. Pour une vachère, peu importe ces choses-là, mais à l'école on veut tout savoir.

– Je n'ai pas d'autres prénoms, je suis Rose Mars, née au Puy le 22 mars 1911.

– Eh bien, je n'ai pas pu me rappeler de ce 22 mars ! Je suis gâteux, je te dis. »

C'est ainsi que pépé Antoine, Rose et Drelou, les rendant un peu jaloux, doublèrent en les saluant les autres élèves rencontrés en route. Drelou se sentait privilégié d'être serré contre Rose, cette fille de la ville qui, de ce fait, était mieux que celles de la campagne.

Il tenait un beau cartable tout neuf qui venait de lui être offert à l'occasion de ses douze ans.

Cela n'échappa pas à pépé Antoine, qui se sentit tout penaud de ne pas s'être soucié du cartable indispensable pour mettre plumier, livres et cahiers.

« Mes petits, s'exclama-t-il, je suis bon pour entrer à Montredon[1] je n'ai plus ma tête ; quand je t'ai ramenée de chez ta mère, Rosette, j'ai oublié de lui rappeler que tu irais à l'école. Elle aurait dû me remettre ton cartable.

Je ne veux tout de même pas retourner au Puy pour le lui demander.

– Mais, moi, j'en ai deux, père Antoine, dit Drelou. Celui-ci, je l'ai eu pour mes douze ans, je le donnerai à Rose. L'autre allait très bien, je l'avais tellement habitué ! Celui-ci me semble pas être mien !

---

1. Asile d'aliénés de la région.

– Bonjour, mademoiselle.

– Bonjour, père Antoine ; bonjour, Rose, Rose comment ?

– Rose Mars.

– Voilà qui est joli comme nom et prénom, tu as douze ans.

– Oui, je suis née le 22 mars 1911, au Puy.

– Voilà les renseignements qu'il me fallait pour t'inscrire comme élève. Pépé Antoine ne s'en est plus souvenu.

– Pour ce qui est des porte-plumes, cahiers et livres, vous pouvez sans doute les lui fournir, mademoiselle ?

– Oui, n'ayez pas de souci. »

C'est ainsi que Rose fit partie d'une classe unique où mademoiselle Allambré enseignait à quinze élèves de tous âges jusqu'à quatorze ans, les classant en trois divisions selon leur âge ou leur savoir.

Cette institutrice (dénommée ici la « Laïque » parce que jusqu'à la création de l'école obligatoire pour les filles, l'enseignement était donné à celles-ci par des écoles religieuses) voulut tout de suite se rendre compte des connaissances de Rose. Elle lui dicta le texte de la dernière dictée donnée. Son orthographe était satisfaisante. Le calcul se révéla de même. Elle aurait donc une bonne élève à préparer pour l'examen du certificat d'études de l'an prochain, ce dont elle doutait pour ses élèves habituels.

Les fournitures diverses furent procurées à Rose. Au grand désespoir de Louisou, Drelou lui apporta son vieux cartable, ses parents n'acceptant pas qu'il lui donnât le neuf, et c'est ainsi que Rose devint écolière des Quatre-Chemins, s'installant chaque jour de classe à une table pupitre avec banc attenant où s'asseyaient quatre élèves trempant leurs porte-plumes sortis du plumier dans un des encriers en faïence blanche incrustée et répartis dans le haut de la table. Table d'écolier en tout point semblable à celles qu'avait connues Rosette à la Providence.

La règle, au moins pour les écoles rurales, était qu'il y ait six heures de classe coupées par quelques récréations et le repas de midi, froid aux beaux jours et réchauffé sur le poêle en hiver, une fois celui-ci allumé pour le chauffage de la classe.

On était alors aux beaux jours et mémé Justine avait mis dans la gamelle qui était la sienne quand elle était écolière, saucisson et fromage ; le lendemain ce serait des œufs durs, elle variait comme elle pouvait, les légumes étant pour les jeudis et les dimanches où Rose mangeait à la maison.

Rose se régalait de ce bon pain de seigle cuit au four du village, ce pain à la croûte assez rugueuse et qui se conservait d'une semaine à l'autre dans la maie à pétrir ou dans le grand tiroir de la table. La chauffe du four avait lieu une fois la semaine, le samedi et mémé ainsi que beaucoup d'autres ménagères en profitaient pour mettre au four, sitôt le pain sorti, quelque pâtisserie prévue pour le dimanche, jour du Seigneur, de même que pour quelques autres festivités.

C'est ainsi que se terminera l'année scolaire, les garçons formant un groupe à part des filles sur le chemin de l'école, tandis que le dimanche, garçons et filles « s'accoursaient[1] » à travers le village, jouant une fois de plus « aux escoundudes » ou « au gendarme et au voleur » ou encore, les beaux jours étant bien revenus, les filles à la marelle et les garçons aux billes. Fidèles à leur village, à la ferme, à l'étable, en dessous du toit où elles étaient nées, les hirondelles s'en donnaient à cœur joie, poussant de petits cris à la poursuite des mouches qui abondaient autour des fermes ; l'alouette s'élevant droit au-dessus de son nid chantait dans le ciel sa joie de vivre. Les bourgeons des arbres gonflés de sève étaient prêts à éclater en feuilles. Tout annonçait une vie nouvelle ; les buissons de prunelliers poussant ici et là à travers les roches ou le long des chemins allaient se parer de guirlandes de blanches fleurs égayant la campagne mais, hélas, disparaissaient trop souvent bien vite lors de la levée d'un soleil de gel.

Les prés avaient bien reverdi et, vaches, vachers et vachères allaient prendre le chemin des pacages.

---

1. S'accoursaient : se poursuivaient.

Louisou, lui-même, se sentait tout autre, et trouva souvent prétexte pour se joindre aux groupes des écolières, cherchant visiblement à trouver place près de Rosette, la fille inconnue de la ville. Ses compagnes en étaient jalouses, bien sûr, mais sitôt se rapprochait-il d'elle et la voilà qu'elle se mettait de l'autre côté du groupe. Rose jouait au chat et à la souris avec cet intrigant qu'elle sentait trop entreprenant.

Dépité, sinon humilié, Louisou s'intégra à nouveau au groupe de son sexe.

Les vacances de Pâques, marquées par la solennité de la fête religieuse, passèrent bien vite.

Vint le 1er mai, où dans la nuit tous les grands garçons, conscrits ou très proches conscrits de tous les villages alentour se réunissaient pour annoncer le Mai devant chaque ferme. En retour, on leur remettait quelques œufs qu'ils dégusteraient en omelette le dimanche d'après. Omelette accompagnée de pas mal de libations :

« Le mois d'avril vient de finir,
Le mois de mai va commencer,
Nous venons vous l'annoncer

En chantant, en chantant,
Ce joli mois de mai
Qui nous éveille.

Nous sommes passés par vos prés,
Il y avait de l'herbage !
Vos vaches auront du lait,
Vous ferez du fromage,
Vous aurez de l'or et de l'argent
Pour marier tous vos enfants.
En chantant, en chantant
Ce joli mois de mai
Qui nous éveille…

Fillettes qui êtes dans vos chambres,
Entendez vos amants qui chantent :

Apportez donc une collation
À tous ces jeunes et beaux garçons !
En chantant, en chantant
Ce joli mois de mai
Qui nous éveille. »

Leur sérénade se prolongeait devant les maisons où il y avait quelque « drôlette » déjà un peu grande ; ils espéraient qu'elle leur ferait signe depuis la fenêtre de sa chambre.

Pépé Antoine leur donna quelques œufs, préparés à l'avance. Mémé Justine n'avait point parlé de cela à Rose, voulant lui en laisser la surprise. Les écoliers camarades de Rose n'en avaient pas parlé non plus, étant trop jeunes encore pour y participer.

« Tu as entendu les garçons cette nuit, Rose ?

– Oui mémé, ils criaient Rose ! Rose ! Ils voulaient que je leur dise bonsoir.

– C'est la coutume du 1er mai, "ils chantent le Mai". Et mémé ajouta : Une voisine m'a dit que de temps à autre tu ne fermes pas tes volets, tu oublies de le faire ?

– Je n'oublie pas, c'est quand je veux voir la lune.

– Quand tu veux voir la lune ? s'étonna mémé.

– Oui, quand elle est bien ronde, elle a le sourire, elle veut qu'on lui parle, expliqua Rose.

– Ah ça alors ! et qu'est-ce que tu lui dis ?

– Je lui dis qu'elle est belle, que j'aimerais qu'elle éclaire souvent ma chambre. La douceur de ses rayons porte à la rêverie.

– Elle est belle, elle est belle ! comme toujours, comme on l'a toujours vue, depuis qu'on est gamin !

– Sans doute, mémé, mais je ne l'avais encore jamais vue, je n'avais encore jamais pu lui parler.

– Sans doute est-elle plus nette ici, il n'y a jamais de brume.

Mon père à moi me disait quand j'étais gosse qu'on pouvait y apercevoir, en y regardant bien, une vieille portant un lourd fagot de bois sur les épaules, elle allait toute courbée ! Je n'ai jamais su voir pareille chose sur la lune ! Par contre, tu verras les couchers de soleil. Là, je me plais à les regarder, mais ils s'en vont bien vite.

Si les écoliers n'avaient pas parlé du “mai” chanté par les plus grands, ils avaient parlé “du mois de Marie” qui se passait à l'assemblée du village.

– Je pourrais y aller, mémé, à ce mois de Marie ? demanda Rose.

– Mais bien sûr. Les copines viendront te prendre, c'est tout naturel. Il est tenu par une vieille fille qui n'est pas une “béate” religieuse, comme il y a dans les villages importants. On y récite des prières, on y chante à la gloire de la Sainte Vierge.

– Ils m'ont dit qu'on y rigolait bien.

– Cette brave fille, toute dévouée, n'a pas d'autorité pour s'imposer à ces “galapiats”. Ah ! si je pouvais y aller ! C'est bien parce qu'il est nuit que ces jeunes se permettent beaucoup de choses qu'ils n'oseraient pas faire en plein jour. Pour eux, c'est une sortie. »

Oui, on y chahutait toujours, et Rose racontait chaque soir comment « le mois de Marie » s'était passé. Il n'y avait guère que des jeunes. Deux ou trois femmes déjà âgées y venaient aussi, mais elles, c'était pour prier, pour des invocations. La vieille fille responsable de la soirée lisait quelques pages d'un livre se rapportant à la dévotion envers la Sainte Vierge, puis des filles plus grandes chantaient en chœur un cantique. On y récitait des « Je vous salue Marie » et pour terminer, tous en chœur et de bon cœur, entonnaient le :

« C'est le mois de Marie,
C'est le mois le plus beau,
À la Vierge chérie
Disons un chant nouveau :
Veille, veille sur tes enfants !
Veille, veille sur tes enfants ! »

À la fin de la cérémonie, le chahut commençait : les « drôles » accoursaient les « drôlettes ». Cela dans la nuit, et on riait, et ces dernières criaient, heureuses d'être « accoursées ».

Les voilà prêts pour recommencer demain.

VI

Aux champs

C'EST DANS CE MÊME MOIS DE MAI qu'avaient lieu les premières sorties du bétail au pacage. Pépé Antoine fit le vacher avec Rose. Elle avait déjà vu détacher les vaches pour les conduire à l'abreuvoir, mais là, Rose dut venir voir de plus près comment on attachait et détachait.

« Ne crains rien, Rosette, approche. Regarde : la chaîne comporte quelques anneaux plus gros et notamment celui qui la termine de ce côté-ci. La chaîne est un collier ouvert, de l'autre côté la chaîne se termine par un gros anneau ouvert que tu engages dans l'un ou l'autre de ceux-ci et voilà le collier fermé à la longueur que tu veux et convenant au cou de la vache.

Au retour tu as pu le voir, chaque vache va d'elle-même à la place qu'on lui a indiquée.

Tu t'y habitueras, mais si les premiers temps tu craignais d'approcher les vaches pourtant très paisibles, tu appelles Drelou qui se fera un plaisir de t'aider.

Jusque-là, elles ne sortaient que pour aller à l'abreuvoir ; elles vont donc en prendre le chemin, mais le pacage est de l'autre côté, alors je dis à Coquet : "Mets-toi là pour les arrêter." Et il le fera.

Heureuses de prendre l'autre chemin, car elles sentent l'herbe toute neuve, elles vont gambader de plaisir, faire les folles, s'arrêtant d'abord au communal où il n'y a pratiquement rien à brouter, car les moutons y sont souvent, mais cela sent déjà bon ! Bichette détachée va suivre, allant son train de sénateur comme disait La Fontaine. Tu vois que ce que l'on a appris par cœur revient facilement en mémoire. Tu la connaissais cette fable du lièvre et de la tortue ?

– Non, regrettait Rose.

– Moi, j'aimais toutes ces fables où il est toujours question de quelque chose que je peux faire rapporter à mon village.

Aujourd'hui, il faut que je montre le pacage aux vaches, alors je passe premier, suis derrière avec Bichette que tu pourras chevaucher bientôt tranquillement, les bêtes allant d'elles-mêmes au pré.

Nous voici au pré, il faut se tenir devant elles sinon elles "gazouilleraient" tout le pré tellement elles sont en appétit d'herbe fraîche. Il faut les empêcher d'aller trop loin.

Chaque jour on les laisse avancer de deux ou trois pas de plus, pas davantage, ainsi elles sont tenues de brouter comme il se doit. Ce n'est qu'une fois arrivées ainsi au fond du pré qu'on leur laisse toute liberté.

Il faut en connaître des choses avant d'être une bonne vachère ! Ensuite, tu n'auras plus qu'à les empêcher de sauter la murette pour aller dans les champs voisins. Coquet saura les rappeler à l'ordre.

– Je pourrai monter sur Bichette ?

– Mais bien sûr ! » dit Antoine.

Et il ajouta :

« Pour la première sortie il vaut mieux être deux, un devant, l'autre derrière, c'est pour cela que j'ai choisi jeudi, aujourd'hui, jour de vacances. Au retour du pré, il faut les conduire à l'abreuvoir, mais n'aie crainte, là elles iront d'elles-mêmes. Et maintenant que le gardage est commencé, c'est tous les jours qu'il faut les y conduire.

– J'irai quand même au mois de Marie ?

– Mais oui, mais oui. Ah ! tu as déjà pris goût à ce mois de Marie ? Et toi, là-bas, la Blonde, tu vas un peu trop vite. Coquet ! fais-la “ravirer[1]” ! »

Et Coquet part aussitôt se mettre devant elle, lui mordillant le museau.

« À la prochaine qui s'avancera un peu trop, c'est toi qui lui enverras le chien. Leur nom, c'est la

---

1. *Ravirer : revenir.*

couleur de leur robe, ce n'est pas du compliqué chez nous. Voilà la Noire qui s'avance trop, allez, à toi Rose.

– Coquet ! la Noire, à la Noire, cria Rose.

– Tu vois, il a compris qu'il fallait la faire "ravirer" bien que tu ne lui aies pas dit ce nom nouveau pour toi. Il comprend tout ce Coquet ? Pour le récompenser, caresse-le. »

Rose se baissa pour le caresser et celui-ci était heureux, il lécha doucement, tendrement cette main fine, toute jeune. Il lui léchait même la figure quand elle se baissait plus bas. Rose se redressa et Coquet se planta contre elle, cherchant encore à lui rendre sa caresse.

« C'est pas vrai, Coquet, c'est pas vrai ! Toi aussi tu m'aimes, tu aimes une orpheline ! Et elle se mit à pleurer.

– Tu n'es plus une orpheline, Rose. Tu es à nous, Justine et moi. Nous étions malheureux de ne pas avoir d'enfant. Le bon Dieu nous a envoyé une petite Rose, toute prête, toute mignonne. Tu nous apportes ta jeunesse, tu nous rends heureux et nous voulons que tu sois heureuse. Tiens, je vais dire à mémé d'ajouter à la prière du soir : "Merci mon Dieu de nous avoir apporté Rosette !" »

Et ce fut pépé lui-même qui, chaque soir, après « les orphelins, les voyageurs », ajouta « Merci mon Dieu de nous avoir apporté Rosette. »

Pépé chercha aussitôt un autre sujet de conversation :

« Regarde cet effronté de corbeau là-bas sur l'arbre. Il crie "croà, croà !" pour se moquer de nous, c'est sa façon à lui de narguer Coquet dans son parler à lui, il lui dit : "Regarde-moi bien Coquet, je suis là, et tu ne peux m'attraper !"

Quand les corbeaux sont à terre, Coquet court après eux pour les chasser des parages, mais là-haut, perché comme il est, il est heureux de se moquer de lui.

Ah ! le corbeau ! "Eh, bonjour monsieur du Corbeau lui cria le renard"... J'en ris encore, comme il savait raconter les choses ce monsieur de La Fontaine. C'est bien ces fables que l'on retenait le plus vite par cœur ! Le par cœur ça reste, je te l'ai déjà dit.

– Moi aussi, j'ai appris du par cœur ! et c'est resté : l'*Ave Maria*, le *De profundis*, le *Salve Regina*, le *Te Deum*... récita Rose.

– Oh ! là, là ! eh bien, du latin, s'il vous plaît ! Là tu es plus forte que moi ! Jamais j'aurais pu y mordre.

Nous avons taillé une bonne bavette, c'est l'heure de repartir. Elles ont assez mangé, elles ont de l'herbe plein le museau, ce soir je leur mettrai moins dans leur râtelier. Allez, Coquet, ramasse-les et en route. Tu veux chevaucher Bichette ?

– Ah oui pépé, se réjouit Rose.

– Alors prends-la par le licol et tu l'amènes près du mur, là où il est à la hauteur de son dos, alors tu te tiens après sa crinière et tu l'enfourches facilement.

Voilà, tu es bien ? Tapote-lui l'encolure, elle aime bien ça, et en route pour l'abreuvoir. Ah ! cette bichette, je l'ai chevauchée quelquefois ! Nous avions du sang neuf dans les veines, l'un et l'autre. Je la mettais au galop à travers prés et elle ne s'arrêtait plus ! Un jour, j'en perdis un sabot, et bien impossible de la faire s'arrêter. Je rentrai à la maison avec un seul sabot aux pieds et je dus prendre mes souliers du dimanche pour venir le récupérer. Je suis sûr qu'elle devait en rire cette chameau !

Quelquefois elle quittait d'elle-même le pré, et il fallait aller la récupérer jusqu'au village voisin où elle cherchait de la compagnie et il a fallu que je lui mette des entraves aux pieds ! Je t'ai parlé de mes sabots, tu t'habitues aux tiens ? Il arrive que, malgré la courroie à coussinet qui les retient, ils vous blessent le cou-de-pied, mais avec les grosses chaussettes que t'a tricotées mémé, cela doit bien éviter la chose.

– Oui, pépé, je m'y habitue très bien. Demain, je reviendrai seule au pré ?

– Ah ! je vois, c'est surprenant de se trouver seule avec des vaches dans un pré ; ici, pour l'instant, pas de voisin. Tu oublies que Coquet sera là et ne crains rien, c'est un fidèle serviteur, et si quelqu'un qu'il ne connaît pas s'approchait de toi, de trop près, celui-ci déguerpirait vite, car ton gardien a de bonnes dents, et s'il a fait semblant de mordre la marcade tout à l'heure, là il saurait mordre profond.

Et puis, j'y pense, chez Drelou, ils n'ont pas encore sorti leurs bêtes ; j'en parlerai à son père et lui dirai de venir pour une fois avec toi. »

Voilà nos écoliers s'en allant une fois de plus vers l'école des Quatre-Chemins. Drelou s'approchant de Rose, lui demanda :

« C'est vrai que j'irai t'aider à garder les vaches ce soir ?

– Oui, pépé Antoine m'a dit qu'il n'était pas bon de garder les vaches seule, quand on ne l'a jamais fait.

– D'accord, à la rentrée à la maison, j'irai chez toi. »

Drelou l'aida à détacher les vaches et Bichette, tandis que Mémé leur criait : « Soyez sages, et je vous préparerai un bon café au lait pour quand vous reviendrez. »

« Je veux monter Bichette pour aller au pré. Tu montes derrière moi, proposa Rose.

– Si tu veux, mais si tu tombes tu vas m'entraîner, avec toi ! s'inquiéta Drelou.

– Je ne tomberai pas, ne crains rien, je l'ai déjà chevauchée hier, elle est tellement patiente ! Pépé

Antoine m'a montré comment faire, je la rapproche du mur et, quand je suis à la hauteur du dos de Bichette, je l'enfourche. Il y a là une pierre plate qui semble être mise exprès, pour faire escalier et sauter sur Bichette.

Allez, Coquet, mets-toi là-bas, fais-les virer vers le pacage, je monte la première, mets-toi derrière moi. »

Voilà les deux cavaliers partis.

« Tu te sens bien derrière moi, Drelou ? Tu peux t'accrocher après moi. De cette façon, tu me tiendras, je te tiendrai, nous serons bien ensemble, invita Rose.

– Oui.

– Serre-moi plus fort ; tu sais Drelou, je suis une fille, dit Rose.

– Mais bien sûr que tu es une fille ! s'exclama Drelou.

– Et toi un garçon !

– Mais oui, pourquoi me demandes-tu ça ?

– Oh, comme ça. Et tu te marieras ? questionna Rose.

– Mais bien sûr, quand je reviendrai du régiment, c'est pas pour demain ! soupira Drelou.

– Tu auras des enfants ? insista Rose.

– Oh, oui, peut-être deux, peut-être trois, je suis fils unique, j'aurais bien aimé avoir une sœur, regretta Drelou.

– Tu veux que je sois ta sœur ? demanda la fillette.

– Mais tu rêves, c'est pas possible ! s'exclama Drelou.

– Oui, je rêve sans doute, je m'étais figurée que c'était possible », soupire Rose.

Une fois au pré, Drelou saute à terre comme un chat.

« Tu veux pas m'aider à descendre, Drelou.

– Si, mais c'est facile : tu empoignes bien fort la crinière et tu te laisses glisser jusqu'à terre. »

Elle glissa de la jument, mais s'accrocha au cou de Drelou.

Drelou savait qu'il ne fallait pas laisser pacager les vaches trop loin et ils se mirent tous deux devant elles ; ils parlèrent de l'école, du mois de Marie et des vacances à venir.

« Voici l'heure du retour. Tu m'aides à monter sur Bichette, et tu monteras derrière moi, dit Rose.

– Oh, mais je peux aller à pied ! objecte le garçon.

– Non ! monte derrière moi ! » insiste la fillette.

Et ils rentrèrent au village chevauchant tous les deux Bichette et passèrent ainsi par l'abreuvoir où tout le monde put les voir sur la même monture.

Drelou aida à attacher les vaches tandis que mémé Justine les appela.

« Venez, je vous ai préparé un bon café d'orge et un petit gâteau. Vous avez été sages au moins ?

– Oui mémé, et nous avons bien arrêté les vaches comme nous avait montré pépé. »

Le goûter bien venu est terminé.

« Au revoir, Justine ! Au revoir, Rose, à demain pour l'école.

– Ah ! ce Drelou, dit mémé, comme il est poli et serviable, c'est pas comme l'autre "garagnás", cet effronté de Louisou. »

Sur le chemin de l'école, Louisou accoste Drelou.

« On t'a vu hier perché sur Bichette avec Rose, est-ce vrai ?

– Oui, Antoine est venu me demander d'aller garder les vaches avec elle, comme c'était la première fois qu'elle y allait sans lui, il n'a pas voulu qu'elle soit seule. »

Le jour suivant, Rose s'en alla seule vers le pré et sans chevaucher Bichette. Consciente de sa responsabilité de bonne vachère, elle laissa les vaches s'avancer de trois pas de plus et les y tint aidée du fidèle Coquet.

Ce dernier se mit soudain à humer l'air et semblait chercher des yeux. C'est alors que l'on vit apparaître, sorti de je ne sais où, Louisou qui enjamba la murette et s'avança vers la jeune vachère :

« Bonjour, Rosette !

– Bonjour, que me veux-tu ?

– Je veux t'embrasser !

– M'embrasser, ah non ! Tire-toi de là ou je te mets mon chien après toi ! répliqua la fillette.

– Oh, oh ! une bise, rien de plus, insista Louisou.

– Tire-toi de là je te dis ! se fâcha Rose.

– Allons, allons, ne sois pas méchante comme ça ! On sait bien ce que c'est que de s'embrasser !

– Coquet ! Coquet ! viens ici, viens me défendre ! » hurla Rose.

Entendant ce cri de détresse, Coquet accourut, se mit devant sa maîtresse et montra ses crocs blancs à l'effronté.

« Garce que tu es ! Tu n'es qu'une garce sortie de je ne sais où, grogna Louisou.

– Coquet ! Coquet ! mords-le ! » lui ordonna Rose.

Tandis que l'intrus dépité faisait demi-tour, Coquet lui enfonça ses canines dans chaque mollet et il fila, maugréant, je ne sais quoi, mais sans se retourner.

Coquet n'avait pas mordu très fort, c'était à titre d'avertissement, mais l'intrépide ne sut trop expliquer à sa mère, qui lui pansa ses morsures, quels étaient ces méchants buissons qui faisaient des plaies si profondes…

Personne n'eut vent de la chose, mais l'éconduit, bien déçu, ne chercha plus à se mêler au groupe des écolières.

Et le mois de Marie prit fin. Selon la tradition, tandis que se chantait le dernier « Veille, veille sur tes enfants », un garçon lâcha quelques « mouneyres[1] » attrapés dans la journée. Ceux-ci, libérés d'une boîte d'allumettes, s'envolèrent vers la lumière des cierges qui entouraient la statue de la Vierge.

S'y brûlant les ailes, ils succombaient, éteignant les flammes, au grand désespoir de la vieille demoiselle qui menait l'assemblée. Le chahut ordinaire commençait ce jour-là avant la sortie.

Rentrant à la maison, Rose conta tout cela à mémé.

« Ah ! fit celle-ci, "la ména de los éntraversats, s'est pas perduda". Oui, les habitudes de ceux faisant le travers ne se sont pas perdues ! »

Entre-temps, Rosette revenant de classe avait été surprise de voir pépé Antoine battre sa faux, assis par terre, sur un vieux sac. Devant lui, entre ses jambes, il avait enfoncé en terre une enclume spéciale à battre la faux. Là-dessus, il martelait le bord de la lame pour l'aplatir, l'amincir et lui donner du taillant. Il fallait taper régulièrement, pas trop fort, pour mettre à neuf le léger ruban de coupe bordant la faux. Cela donnait un son très particulier que tous les villageois connaissaient. L'entendant au

1. *Mouneyres : hannetons.*

loin, on pouvait dire, voilà un tel qui bat sa faux et s'apprête à aller faucher. Nous en étions arrivés à la saison des foins.

« Demain, Rosette, tu porteras à la Demoiselle un petit mot lui demandant l'autorisation de te laisser sortir une heure plus tôt, puisque c'est autorisé au moment des grands travaux.

Demain, j'irai faucher le pré du “Gralh” (du corbeau) tout près de celui de Juliette, dans les parages de celui où tu vas toi-même garder.

Avec une heure de plus dans l'après-midi, il faudra venir “déramer” ce que j'aurai coupé dans la matinée. Tu verras ce que c'est que de faner ! C'est pénible : nous, les faucheurs, partons au pré de grand matin, car avec la rosée de la nuit, l'herbe est plus tendre et le “dalh[1]” coupe plus facilement, puis il faut déramer l'andin, puis tourner et retourner le foin pour qu'il sèche bien avant de le rentrer à la fenière. Quelle saison !

Charger la “charrade” et, char après char, l'amener jusqu'à la grange. Ah ! il y a de quoi transpirer. Souhaitons que nous ayons du soleil, car si le temps est pluvieux, il faut tourner et retourner le foin sitôt qu'apparaît un peu de soleil, quelle misère alors ! Ah, il faudra que tu fasses la charrade et pour tous ces travaux les sabots sont bien

1. *Dalh : faux.*

gênants, aussi, fais-moi penser ce dimanche prochain de t'acheter des espadrilles. Avec ça, on se sent plus léger et le travail devient plus facile. »

Rose eut bien vite appris à déramer l'andin. Elle y mettait tout son cœur, elle voulait absolument remplacer mémé.

Le long manche du râteau lui passant sous le bras, de ses deux mains, à pas lents, réguliers, cadencés, d'un seul coup de râteau synchronisé avec son pas, elle décoiffait et épandait l'andin.

Le lendemain, alors que brillait le soleil, elle retournait encore, pas à pas, ce même foin pour l'aérer et mettre au soleil la face jusque-là contre terre.

Les chars, vides, hivernés dans les granges ou sous les hangars semblaient surpris de revoir le soleil. Ils vont à nouveau prendre vie. Les voilà légers, cahotant dans les chemins pierreux, dégourdissant ainsi leurs roues aux cercles desserrés. Se brinquebalant d'un côté à l'autre, c'est par des grincements, des craquements, des crissements de tous leurs membres qu'ils nous disent leur joie de rouler à nouveau, ou peut-être nous crient-ils leur peine de reprendre le travail. Toujours est-il que ce remue-ménage redonne vie au village et à toute la vallée herbeuse.

Au retour, la lourde charretée, pesant de tout son poids sur ridelles, clèdes et clédous étouffera leurs plaintes et gémissements ; seul le couinement de quelque essieu mal graissé annoncera l'arrivée du chargement au village.

Le foin est déjà ramassé en « cordes » entre lesquelles le char avancera, pépé Antoine jetant par fourchetées le foin à Rosette, toute fière de remplacer mémé pour faire la charrade, poste généralement réservé aux femmes. De chaque fourchetée, elle en fait un rouleau le plus long possible en le pressant de ses genoux pour qu'il tienne bien en place et fasse le chargement le plus large possible.

« Tiens-toi bien dans le milieu, Rosette, ne va pas tomber comme a fait ma pauvre Justine ! »

Elle faisait bien de son mieux, la brave Rosette, mais pour presser la fourchetée, elle n'avait pas le poids ni la poigne de mémé.

Fourchetée après fourchetée, la charrade montait petit à petit. Elle était heureuse la petite paysanne ! Une fois le chargement suffisant, il fallut le bloquer par des cordages, la longue corde de char retenue par le timon et enroulée sur la grande clède de devant. Pépé l'aida à la dérouler, lui disant de la tirer vers l'arrière. Va doucement ! tiens-toi bien dans le milieu. Là, pépé l'engagea dans le « tour » du char, un taquet à cliquet que l'on faisait tourner avec le « billàire[1] », chaque tour de serrage étant retenu par le « chien », un cliquet cranté.

---

1. *Billàire : levier s'engageant dans un trou du tour pour le faire tourner et enrouler ainsi la corde fixant le chargement.*

Le tout bien serré, il ne manquait plus à Rose qu'à rejoindre la terre ferme. S'accrochant à la clède arrière, Rose se laissa glisser dans les bras de pépé. Un coup de râteau de chaque côté de la charrade pour la peigner et qu'il ne s'en perde pas en route et l'on prit le chemin de la grange.

Le charroi était pénible pour l'attelage par ces chemins caillouteux, et l'on arriva devant la porte de la grange. Mémé Justine les attendait ; aidée de sa « croche », elle était venue jusque-là pour surveiller l'attelage tandis que les faneurs allaient se désaltérer d'eau fraîche.

« Quelle fille vaillante nous avons là, mémé ! Une vraie fille de paysan ! » se réjouissait Antoine.

Rose remonta sur la charrade, cette fois pour jeter à terre ce qu'elle avait pris tant de peine à presser. La fourche était embarrassante pour ses jeunes bras.

Pépé traînait le déchargement à travers la grange et l'amassait sur le fenil, l'arrangeant et le pressant de son mieux avec sa longue fourche. Puis Rosette monta sur le fenil pour presser tout cela avec ses jambes. Elle riait, car elle s'enfonçait souvent dans le foin à ne plus pouvoir en sortir.

« Tasse-le, tasse-le bien, Rosette ! »

Char après char, la récolte fut engrangée.

Voici qu'une réjouissance imprévue et inconnue de Rose vint à peu près vers la fin de ces durs travaux : le « fougàu » (fougaou), le grand feu de la Saint-Jean que l'on allume dans tous les villages pour fêter le soleil qui donne le jour le plus long de l'année. Les garçons se chargent d'amasser suffisamment de bois pour que leur feu dure longtemps et se voie de loin, car on se fait « la contre[1] » entre villages.

Filles et garçons de tous les âges se rassemblent là, chantant des rondes, autour du grand feu que certains garçons intrépides se mettent à sauter par-dessus.

« Nous n'irons plus au bois,
les lauriers sont coupés,
Les belles que voilà iront les ramasser.
Entrez dans la danse,
Faites la révérence,
Chantez, dansez !
Embrassez qui vous voudrez ! »

Un couple, garçon et fille, se mettait au milieu de la ronde, à genoux, face à face, et quand venait le « embrassez qui vous voudrez », chacun d'eux s'empressait d'aller embrasser son ou sa préférée. Alors, les embrassés se mettaient à leur tour au milieu de la ronde, et ainsi de suite. Rose semblait attirer les « poutous[2] » mais elle sut distribuer les siens de façon que personne ne soit oublié.

---

1. Contre : concurrence.

2. Poutous : baisers.

Heureuse soirée pour tous ces jeunes qui ne rentraient pratiquement à la maison que vers minuit, faisant tout pour que leur feu ne s'éteigne pas avant.

C'était déjà là un avant-goût des vacances.

Et ce grand jour attendu vint enfin. La cour de l'école retentit une fois de plus du :

« Vivent les vacances,
À bas les pénitences,
Nous mettrons les livres au feu
Et la maîtresse au bon mi…lieu ! »

La maîtresse joua avec eux et leur souhaita de joyeuses et longues vacances, embrassant les plus jeunes.

Cartables dans le dos, les écoliers quittèrent joyeusement l'école, et certains ayant atteint l'âge de quatorze ans, pour ne plus y revenir.

Juliette et Rose avaient fini de faire brouter leurs prés par bandes délimitées, elles pouvaient maintenant se rejoindre tout en surveillant leur troupeau de loin. C'était là deux vraies copines et les meilleures élèves de la classe. La maîtresse leur avait laissé entendre qu'elle les présenterait au certificat d'études.

Et les moissons sont là. Untel a déjà aiguisé son « gouvon[1] », d'autres vont suivre. Pépé Antoine a

1. *Gouvon : faucille.*

décidé d'abandonner le « gouvon » et de couper sa moisson avec la faux. Celle-ci par ses coups brutaux égraine quelque peu la récolte, mais le travail avance plus vite. Il faut alors fixer sur le manche de la faux, en le vissant, le « rastelet » formé de trois crochets à dix centimètres environ l'un de l'autre et épousant absolument la courbure de la lame. Alors que celle-ci coupe la céréale au ras du sol, les crochets emmènent en ordre les tiges coupées, les couchant contre la récolte. Il sera ainsi plus facile au javeleur qui suit derrière d'en faire des javelles. Celles-ci, une fois liées, deviendront gerbes qui seront amassées en « pignons » (meules), puis transportées jusqu'à la ferme pour y être battues au fléau sur l'aire de la grange.

Rose veut absolument participer et se met à javeler.

« Ce n'est pas un travail pour toi, lui disait pépé Antoine.

– Et pourquoi pas ? Les femmes le font !

– Bien sûr, mais elles sont en âge, en force de le faire. Laisse-moi cela.

– Pépé l'avait bien fait à l'âge de Rose, mais il était garçon ! »

La moisson se fit bien, bien lentement, et les gerbes arrivèrent à la maison avant les pluies d'automne.

Sitôt un pré tondu, il devient pacage, alors, après en avoir convenu le soir à la fontaine, tandis que se remplissaient cruches et seaux…

« Pépé ! s'écria Rose rentrant à la maison. Est-ce que je pourrai aller garder demain, au pré du “Jalh” ?

– Mais bien sûr, mais bien sûr, il y a autant d'herbe là qu'ailleurs, c'est-à-dire pas grand-chose, mais attention au champ de raves du voisin ! »

Et mémé d'ajouter :

« Les copines aussi seront par-là, je connais la musique ! »

Oui, il fallait encore surveiller les vaches d'assez près, car les champs encore habillés de verdure étaient bien tentants pour le bétail qui semblait n'avoir plus à brouter que la terre nue.

Les récoltes engrangées, il n'y a plus de tentations pour les troupeaux qui attendent avec impatience qu'une pluie bien venue fasse reverdir un tant soit peu les pacages.

Alors, on peut encore plus s'éloigner du troupeau pour se rassembler sans craindre que les vaches, un peu à l'abandon, puissent créer des dommages et si la compagnie est souhaitée, on laisse bien vite le bétail aller à son gré.

D'ailleurs, mais plus tard, passée la Toussaint, la coutume veut que l'on puisse « abarrer » partout. Oui, il n'y a plus de « barres[1] » entre les prés : ils

1. *Barres : ici, limites.*

sont à tout le monde. Vachers et vachères savent choisir les terroirs où il est plus facile de « garder » de loin !

En septembre, il reste encore quelques ravières à surveiller, car la rave a de l'odeur, et se sent de loin et à plus forte raison par les vaches en quête de nourriture ! Tous les gens du village savent où se trouvent ces gourmandises du bétail, aussi quand Rose demande une nouvelle fois : « Pépé, est-ce que je pourrai aller garder à tel endroit demain », celui-ci ne peut que lui dire « oui, mais tenez vos réunions près de la ravière de Rinàud (Rinàou) ou de tel autre ».

Les jours sont quelquefois bien frisquets et les réunions se tiennent alors derrière quelque mur pouvant couper un peu ce vent qui vient des pays froids. Les chapeaux de paille de l'été ont rejoint le dessus de l'armoire à linge et ce sont des bonnets de laine qui couvrent les têtes. On n'a même plus envie de « s'accourser » pour se réchauffer. Rose, Juliette et Amélie sont assises derrière un mur, se serrant au plus près pour se réchauffer, les épaules rentrées comme pour s'abriter encore davantage.

Drelou lui aussi est là-bas derrière un mur, il se tient toujours à l'écart, n'osant s'imposer, craignant sans doute d'être de trop, mais il s'empresse de se joindre aux filles si elles l'appellent.

Juliette se lève et lui fait signe de venir.

« Dis-moi, Drelou, j'ai des allumettes, est-ce que tu voudrais pas nous faire une "fougaille[1]" ?

– Ah mais si ! Vous avez froid, il ne fait pas chaud. »

Il se met aussitôt en quête de trouver du combustible, du bois sec autant que possible, et il faut qu'il aille assez loin, mais peu importe pour faire plaisir aux filles.

Le petit feu est allumé, une brassée de bois est là pour l'alimenter.

« Occupez-vous d'entretenir le feu, pour faire de la braise, beaucoup de braise, je m'en vais voir si le père Bruyère n'a pas oublié quelques pommes de terre dans sa "trifouleyra[2]" ».

Voilà Drelou bientôt revenu, en apportant quatre ou cinq qu'il a su découvrir et déterrer de son bâton de vacher.

Il y a déjà assez de braise, mais Drelou, heureux d'être le héros du moment, affirme qu'il en faut encore plus. Quand il juge le moment opportun, il court chercher des bouses de vache sèches. Il introduit les pommes de terre dans le brasier sur lequel il ramène les cendres brûlantes et couvre le tout des bouses. Voilà un four de fortune, car les bouses ne s'enflamment pas mordues par le feu, elles se consument lentement, très lentement.

---

1. Fougaille : petit feu de bois.

2. Trifouleyra : champ de pommes de terre.

Que ces pommes de terre sont longues à cuire. Les filles s'impatientent. Drelou se décide à enfoncer son couteau dans l'amas rougeoyant, après quelques tentatives, il ramène les pommes de terre, en commençant par les plus petites, premières à être cuites.

Avec son couteau, Drelou racla aussi une rave volée dans le champ de Claude pour en faire sortir un jus sucré.

Rose n'osa pas dire à mémé qu'elle avait trouvé ces pommes de terre bien meilleures que les siennes, même si elles étaient un peu brûlées.

Elle s'en allait quérir de l'eau à la fontaine.

« Mémé, mémé ! s'écria-t-elle, viens voir, regarde les hirondelles, elles sont là, perchées sur les fils des poteaux électriques. »

Jusque-là, elle ne les avait vues que tournoyant dans le ciel, le bec ouvert avalant les insectes volants. Et là, elles étaient au repos, toutes réunies, tenant conférence, têtes et plastrons blancs tournés vers le midi.

« Elles vont nous quitter Rosette, expliqua mémé, sans doute discutent-elles pour préparer leur long, très long voyage. Au jour choisi, elles nous quitteront pour rejoindre le même pays, le même village qu'elles ont quitté pour venir vivre l'été avec nous.

Personne ne les aura vues prendre leur envol. A-t-il lieu dans la nuit ? À l'orée du jour, alors que tout le monde repose ? Et voilà qu'un jour, demain peut-être, elles ne seront plus chez nous et nous tous de dire que le mauvais temps nous guette !

Alors que l'on peut voir passer haut dans le ciel des vols de canards sauvages s'en allant disposés en triangle, l'un des leurs coupant l'air pour faciliter le vol de ceux qui suivent derrière et se relaient sans doute en cours de route, personne n'a vu passer un vol d'hirondelles. Curieux que cela, alors qu'elles vivent tout l'été avec nous.

– Tu es comme pépé, mémé ! Lui me dit que si les animaux font ceci ou cela sans que nous puissions que le constater et non le comprendre, les hommes appellent cela un instinct, alors qu'en la matière ces animaux sont plus intelligents que nous, mais l'homme ne peut l'admettre, s'étant toujours cru le roi de la nature…

– Mais tout ceci sent aussi l'école, petite ! Il faut y penser, se préparer à aller rejoindre la Demoiselle. C'est l'année du certificat d'études auquel est tant attaché pépé Antoine, fier, comme tu as pu le constater, d'avoir ce diplôme qu'il ne t'a jamais montré mais qu'il conserve précieusement dans une boîte dans l'armoire. »

Pépé Antoine non plus n'a pas oublié qu'octobre sonne la rentrée des classes, mais il sait aussi que c'est là l'époque où l'on doit mettre en terre la récolte de l'an prochain. C'est l'arrivée des semailles.

Pour ce travail dans les champs, il a besoin d'une aide, en l'occurrence de Rose, qui va manquer quelques jours d'école. Les semailles se font à l'araire et il faut une personne pour guider l'attelage à travers le champ à ensemencer. Guider ainsi l'attelage se dit « tirer devant ».

On sème à la volée, et pour répartir au mieux le grain lancé à terre, il est indispensable de délimiter des bandes dont la largeur convient aux possibilités du semeur. Cette largeur est habituellement de six pas. Ce dernier va donc faire une marque à six pas de ce côté-ci du champ et autant de l'autre côté. Là, il y plantera un bâton sur lequel il nouera son mouchoir pour qu'il soit plus visible.

C'est alors que l'attelage partira de la première marque et celui qui « tire devant » le guidera le plus droit possible vers l'autre marqué au bâton. L'araire tiré creusera alors un sillon pas très profond mais suffisant pour délimiter la bande à semer.

Habituellement, on ne délimitera la bande suivante qu'après avoir semé celle-ci. Mais pépé a son idée : pour que Rose manque le moins possible les jours de classe, il va d'abord, avec son aide, délimiter toutes les bandes à semer dans ce champ. Ensuite, pour la première bande semée, Rosette guidera l'attelage pendant quelque temps pour habituer celui-ci à faire demi-tour en bout de champ pour reprendre le chemin inverse. La

Blonde et la Noire s'habitueront vite à ce train-train déjà fait les années précédentes, la Noire marchant dans le sillon déjà tracé et la Blonde de même dans le tout nouveau sillon au retour. Rose sera ainsi libérée jusqu'au prochain champ à semer et chez pépé Antoine la surface à emblaver n'est pas conséquente. Pour les abords du champ jusqu'où l'araire ne peut pas aller, bordures dites « touvénas » ou « taouvas », cela ne peut se faire qu'avec la présence permanente du guide, mais peut-être pourra-t-on s'arranger pour que cela se fasse le jeudi, jour où il n'y a pas école…

Il faut donc préparer ces travaux de semailles. Le grain qui va être mis en terre doit être chaulé, mélangé à de la « chaux morte », ce qui combat la maladie du charbon. Le mélange se fait la veille. Le semeur et son aide ont délimité la bande à emblaver. Alors pépé emplit sa « caisse à semer ». Cette caisse qu'il portera devant lui est soutenue par une courroie passée entre les épaules et sa main gauche qui la tient à l'horizontale en saisissant une poignée. C'est donc de sa main droite qu'il va lancer la semence, puisant poignée après poignée dans la caisse. Avançant du pas gauche, il arrosera de grains la moitié droite de la bande, puis le pied droit, ce qui lui permettra d'arroser la moitié gauche et ainsi de suite… D'un pas lent et régulier il va se livrer au « geste auguste du semeur », immortalisé par le tableau de Millet.

Le blé était chaulé avant d'être mis en terre, aussi à chaque poignée lancée par le semeur partait un petit nuage de chaux blanche qui, avec le moindre vent, revenait sur le semeur, si bien que celui-ci, parti de la maison en bourgeron noir de paysan, y revenait en tenue de boulanger.

Les semailles se déroulèrent comme les avait calculées pépé ; ainsi Rose ne fut pratiquement pas souvent absente de l'école tandis que d'autres élèves n'y revenaient qu'après la Toussaint.

C'est cette fois-ci sans appréhension et même avec une joie manifeste que Rose reprit le chemin Lafreyde les Quatre-Chemins, où elle y retrouva les mêmes visages que l'an dernier ; étaient absents ceux qui avaient atteint les quatorze ans, quelques tout-petits les remplaçaient.

VII

Quand vient la burle

C'EST APRÈS LA TOUSSAINT que pépé déclara à la sortie de l'office :

« Il faut que nous passions chez "l'esclopier", Rose. Il te faut des galoches montantes, car la mauvaise saison arrive. »

Ces galoches se laçant par-devant n'étaient autres que des souliers mais à semelles de bois, un peu moins sonores toutefois que les sabots et qu'il faudra aussi ferrer pour qu'elles ne soient pas glissantes tandis qu'elles sont peu usées.

« Avec les grosses chaussettes que t'a "brochées[1]" Mémé, tu auras les pieds au chaud. Tu pourras aller dans la boue, qui ne va pas manquer une fois les chemins détrempés, et aussi dans la neige.

– Dans la neige ? s'écria Rosette.

– Mais oui, dans la neige, et tu en auras parfois jusqu'aux genoux !

---

1. Brochées : tricotées à quatre aiguilles.

– Jusqu'aux genoux ? De la vraie neige blanche comme sur les montagnes ?

– Comme dans les montagnes, oui, et certains jours il n'y aura pas classe, les chemins n'étant pas dégagés.

– Oh, chic alors ! Comme cela doit être beau !

– Eh là, eh là, la petite ! Ne pense pas à de longues vacances, c'est l'année du certif, ne l'oublie pas ! »

Voir de la vraie neige blanche alors qu'on ne l'a vue que déjà salie dans la cour de l'orphelinat où les grandes étaient aussitôt employées à la déblayer, quel rêve !

Cette préparation au certif rapprocha encore davantage Juliette et Rosette. Il n'y avait plus à garder les vaches, même les jeudis. Aussi voulurent-elles travailler ensemble une fois chez l'une, une fois chez l'autre, puis ce fut définitivement tous les jeudis chez Rose pour tenir compagnie à mémé Justine, s'occupant toujours à « petasser » et « repetasser » ce qui était déchiré ou usé, mais aussi à tricoter maintes choses.

Le revenu n'était pas grand chez pépé Antoine ! Pas de grain à vendre, il le fallait tout pour les poules et le cochon que l'on achetait avant l'hiver pour finir de l'engraisser et le sacrifier aux grands froids, car tous les paysans savent que la viande du porc sacrifié par temps glacial se conserve longtemps.

Seules la vente des trois veaux après engraissement sous le pis de leur mère assurait le pécule disponible pour les achats indispensables. Le ménage vivait pratiquement avec les seuls produits de la ferme.

Voilà qu'une entreprise de confection d'accessoires divers aux vêtements d'hiver : cache-nez, bonnets, mitaines, propose du travail à faire à la maison. Mémé Justine s'empressa de dire oui au démarcheur. Et la voilà à tricoter à longueur de journée et même durant certaines veillées. Oh ! le travail n'était pas payé bien cher, mais c'était un peu d'argent frais qui allait désormais garnir la tirelire de la maison.

Aux filles faisant le jeudi leurs devoirs ensemble, mémé ne pouvait être d'aucun recours, de même que pépé qui disait avoir tout oublié de l'école si ce n'est les départements français, leur préfecture et sous-préfectures. Cependant, un certain jour où le problème demandait le nombre de rosiers à commander au pépiniériste pour les planter à telle distance l'un de l'autre, le long d'allées s'entrecoupant et sachant qu'il en fallait un à chaque bout d'allée, il voulut le calculer de son côté et, crayon en main, il se mit à dessiner sur une planchette de bois et à faire des divisions, des additions et je ne sais quoi encore, puis revenait encore à ses dessins sans relâche. Il s'intéressait vraiment au problème, et il vérifia plusieurs fois ses calculs avant de demander aux futures certifiées :

« Alors, les filles, êtes-vous d'accord entre vous pour le résultat ?

– Oui pépé, il en faut tant.

– Eh bien, moi, j'en trouve deux en moins ! J'aurais donc échoué à l'examen ! Quand on ne s'entretient pas à ces calculs, dont je n'ai pas besoin d'ailleurs, on a vite oublié. »

Le lendemain, revenant de l'école, les filles vinrent ensemble annoncer à pépé que c'est lui qui avait raison ! Quel pépé !

Séverine, habitant au bout du village, venait se joindre aux deux amies de temps à autre, mais c'était pour se faire aider dans des problèmes moins difficiles, car elle ne sera présentée au « certif » que l'année prochaine.

Louisou et Drelou, qui seraient peut-être présentés comme candidats s'ils travaillaient bien, auraient aimé se joindre aux filles, mais il ne fut jamais question de les inviter, cela à leur grand désappointement. Rose aurait aimé discuter de leurs devoirs communs avec Drelou, mais cela ne pouvait se faire sans inviter en même temps Louisou, et là, elle ne voulait pas de lui. Pour eux, cependant, c'est leur dernière année d'école puisqu'ils vont avoir quatorze ans, et ils auraient aimé la quitter avec le certif en poche, ce document qui aidait grandement à trouver un petit emploi en ville.

« Pépé, dit un jour Rose en arrivant à la maison alors qu'il était devant la porte, la maman de la Demoiselle vient passer l'hiver avec elle !

– Je la comprends et voilà ce que je suis tenté de te dire :

"La venue des hirondelles
Amène le printemps,
Maman de la Demoiselle
Annonce mauvais temps !"

– C'est toi qui as trouvé ça, Pépé !

– Eh oui, et cela est la vérité. Le mauvais temps approche à grands pas.

– Alors tu fais des vers comme dans les poésies !

– À la campagne, nous avons l'habitude d'entendre tellement de "dières[1]" répétés de génération en génération que cela vient tout seul.

Ainsi :

"Arzôu delh mati
La pleuia es én chami,
Arzôu delh séra
Bon téms respira.

Arc-en-ciel du matin
La pluie est en chemin
Arc-en-ciel du soir
Beau temps va revoir."

---

1. Dières : dictons.

Et il y en a des dizaines et plus comme ça. Les récoltes dépendent entièrement ou presque du temps qu'il fait. Aussi le paysan est toujours à scruter le ciel, à l'interroger, et d'après les observations ou "remarques" qui se sont répétées et transmises, il en conclut le temps qu'il fera demain. Au sujet de l'influence du temps sur les récoltes, il te dira :

"Un bon an
Vaut mieux qu'un bon champ !..."

Mais revenons à notre Laïque, à la Demoiselle comme tu dis. L'hiver est terrible ici, et, dans cette maison d'école isolée, il y a de quoi avoir peur. Elle a en tête l'hiver dernier ! Heureusement pour elle, et c'est l'habitude ; oui, heureusement que le fermier de Peyra Morta, la ferme la plus proche de l'école, allait lui dégager sa porte de temps en temps ! Elle était en prison ! Et comme il s'est fait d'autres fois pour d'autres Laïques, ils l'invitaient chez eux, allant la chercher en carriole. Ne pouvant repartir le soir, elle couchait chez eux.

Et il n'y a pas si longtemps, l'une d'elles trouva à la ferme l'âme sœur qui lui manquait, et elle épousa un fils de la maison.

Tu ne peux pas te douter de ce qu'est l'hiver chez nous. Les gens de la vallée ne peuvent pas croire à nos récits ! Les cantonniers doivent déjà s'y préparer : au bord des routes, ils plantent de longs bâtons de noisetier pour la baliser et mettent en place des claies pare-neige dans les endroits où la route se trouve en contrebas par rapport à ses abords soumis à la burle, ce vent terrible qui pousse la neige presque à l'horizontale et nivelle tout. Ces pare-neige font obstacle et la neige s'amasse contre eux, ce qui en retient un peu, mais si elle continue, elle passe par-dessus et, se trouvant là à l'abri, ne va pas plus loin et comble la route en contrebas, constituant un barrage infranchissable, même pour une carriole. C'est ce qu'on appelle une congère, quelquefois plus haute qu'un homme. Des villages, des fermes se trouvent alors isolés du monde ! Certaines pour plus d'un mois. On s'emploie à dégager la route, mais si le mauvais temps persiste, il y en a autant le lendemain. Aussi, tous les gens de la région font des provisions pour l'hiver. Dans une ferme située du côté du Mezenc, mon père me disait qu'ils s'approvisionnaient pour six mois ! C'était la ferme dite du Tombarél.

Le voyageur surpris par ce temps-là est tenté de s'abriter derrière un mur, et le matin le voilà enseveli sous la neige. Dans cette même région, il est dit que trois marchands qui s'en venaient de la foire de Saint-Cirgues se trouvèrent ainsi surpris par des bourrasques de neige alors qu'ils venaient de passer l'endroit le plus haut de leur route. Tout naturellement ils s'abritèrent derrière un mur en attendant que les averses cessent. Dans les jours qui vinrent, on les trouva endormis, côte à côte et pour toujours, sous la congère. C'est depuis cette aventure qu'on appelle cette foire, la foire des Trois Marchands ! Cela se passait fin février, je crois, alors que beaucoup de gens de la vallée voient déjà grossir les bourgeons dans leurs jardins !

Quand se lève la burle, tu ne vois plus rien de ton chemin, tu vas au hasard, empruntant quelquefois les terrains qui n'ont pas de neige, celle-ci étant emportée par la tempête et tu ne sais plus dans quelle direction aller, tu erres et tu peux terminer comme firent les trois marchands. Aussi, pour essayer de donner une direction à tous ces égarés, en haut des cols, il existe la maison dite du cantonnier. Là se trouve effectivement, bien au chaud dans sa petite maison, un cantonnier qui, en cas de burle, agite presque sans arrêt une cloche qui leur dit : “Venez par ici ! Venez par ici !”

Tous les hivers ne sont pas aussi durs, mais c'est te dire combien ils sont quelquefois méchants dans certains coins de nos Cévennes.

Il est inutile d'ajouter que lorsque ce temps sévit, il n'y a pas d'école. Toute seule derrière ses vitres, la Demoiselle a dû passer de bien longues et languissantes journées et d'interminables nuits de tourment. Toute seule, sans avoir à qui parler, ne serait-ce que la compagnie d'un chien.

– Mais elle avait un chien pépé ! s'exclama Rose.

– Un chien est indispensable dans une maison isolée... N'empêche qu'elle devait se sentir bien soulagée lorsque les fermiers proches venaient prendre de ses nouvelles et l'invitaient à venir se réfugier chez eux ! C'est une solution fort heureuse que sa maman puisse venir goûter à la tourmente avec elle.

Et tu comprends pourquoi je t'ai dit que sa venue était l'annonce des mauvais jours.

Si le toit de nos maisons est plus pentu qu'en ville, il y a une raison, sinon une nécessité : c'est pour que la neige s'y accroche le moins possible, expliquait pépé.

– Les cantonniers ont en effet planté des bâtons le long de la route, je me demandais pourquoi, remarqua Rose.

– Dès dimanche prochain, les magasins de vêtements d'hiver auront bien de la clientèle. Tu verras une fois de plus mémé Justine se faire déballer des cartons pour y choisir des sous-vêtements chauds avant d'en choisir un.

Moi-même je passerai chez l'esclopier, non pas pour m'acheter une autre paire de sabots mais des guêtres.

– Des guêtres ? demanda Rose.

– Oui, toi, tu auras tes galoches montantes pour aller dans la neige, mais, moi, mes sabots en seraient vite pleins, alors on leur ajoute des guêtres qui couvrent le cou-de-pied et remontent vers le mollet.

– Mais, à t'écouter pépé, il y a des jours où on ne quitte pas la maison ! s'amusa la fillette.

– Mais c'est sûr, ma petite, et on creuse même un tunnel pour sortir par l'étable. Et mieux encore, si quelqu'un meurt au village, ce qui n'est pas à souhaiter bien sûr, on met la bière sur le derrière du toit de la maison, en attendant que la route soit dégagée.

– Moi qui croyais qu'on pouvait aller jouer dans la neige ! regretta Rose.

– Mais c'est sûr que tu pourras aller jouer dans la neige ; il ne burle pas tous les jours ! Il y a même de belles journées ensoleillées.

– Mémé ! Pépé vient de me raconter ce que c'est que l'hiver ici, c'est terrible !

– Oui, il t'a dit tout cela en forçant un petit peu sur la chose, sourit mémé, pour t'expliquer pourquoi la Demoiselle avait demandé à sa maman de venir passer les mauvais jours avec elle, mais moi, ma drôlette, je te dirai que lorsqu'il burle, on laisse burler. On est au chaud. Les provisions sont là pour attendre les beaux jours. Quand le four du village chauffe, on y fait cuire une tourte de pain de plus et voilà du pain pour quinze jours.

Le “lenhier” de bois est complet et l'on chauffe nuit et jour s'il faut. Il y a pommes de terre et choux d'hiver à la cave, du fromage bien mûr là-haut sous le plafond, du lait frais, quelques restes du cochon de l'an dernier, des lapins, quelque vieille poule à mettre dans "l'ouve" (marmite), ce qui fait à la fois du bon bouillon et de la bonne chair. Et même, de temps en temps, une veillée avec nos voisins.

Il ne faut pas tout voir en noir !

Un de ces jours, pépé Antoine va nous amener le cochon à finir d'engraisser et fin janvier ou en février, nous aurons notre provision de viande en cochonnaille jusqu'à l'hiver d'après.

– Un cochon !

– Eh oui, jambon, saucisses et saucissons et autres viandes salées ne pouvaient que provenir du cochon tué l'hiver dernier.

– Je n'avais pas pensé à tout cela ! avoua Rose.

– Chez nous, petits paysans, nous essayons de vivre avec ce que nous produisons. Nous n'avons pas de récolte à vendre, et ce n'est que la vente des veaux qui nous apporte un peu d'argent pour nous entretenir, acheter le cochon et puis… si nous avions besoin du médecin !

C'est dur de vivre ainsi, et depuis mon accident mon brave Antoine doit se débrouiller tout seul. Quelle vie de misère ! Tu as pu voir ce que sont les fenaisons et moissons ! dit mémé.

– Mais je l'aiderai, mémé, plus que je n'ai pu le faire cette année, je serai plus grande.

– Et quand tu ne seras plus là ? soupira mémé.

– Quand je ne serai plus là ? Et pourquoi je ne serais plus là ? s'inquiéta Rose.

– Ma pauvre femme, s'écria pépé venant de l'étable, tu ne sais plus ce que tu dis. Occupe-toi de faire tes gants et mitaines, le dehors n'est plus pour toi. Fais-nous la soupe et "l'esparchi", c'est tout ce qu'on te demande. »

Les premiers flocons de neige apparurent. C'était à la sortie de l'école. Rose, étonnée et heureuse, voulut y goûter. Elle essaya d'en happer, mais sitôt sa langue sortie, ceux-ci n'existaient plus. Mais elle était ravie de les recevoir sur la figure où ils venaient eux aussi pour s'y évanouir. Ils arrivaient là sans se presser, sans doute timides pour leur première sortie.

Le cochon à engraisser arriva aussi. Il prit place dans l'« assou », cette loge à cochons aménagée sous le porche des montées de grange.

Pour ce nouvel hôte, il fallut allumer régulièrement la chaudière à cochons pour cuire les pommes de terre de sa pâtée quotidienne. Sont ajoutées quelques poignées de grain dans une auge massive taillée dans l'arkose et que, malgré son poids, une fois sa ration terminée, il essaie sans cesse, mais sans succès, de déplacer, la poussant de son groin puissant, pensant sans doute y découvrir quelques restes oubliés, étant par nature d'un appétit insatiable.

Un matin, Rose, poussant ses volets, se trouva devant un paysage, nouveau, féerique. Une manne blanche tombée sans bruit dans la nuit avait tout recouvert.

Les deux saules têtards, gardiens de la ferme, plantés en même temps que la maison, à l'entrée de la cour, s'étant vus raser la tête au printemps, présentaient une chevelure toute hérissée, saupoudrée de blanc. Comme tout le reste, ils avaient nuitamment sombré dans une profonde léthargie. Même par leur présence immobile, ces deux centenaires se voulaient encore gardiens des lieux.

Un paysage nouveau dans un silence inhabituel ! Rose descendit bien vite son escalier : « Bonjour mémé, bonjour pépé », et sortit dans la cour. C'est à deux mains qu'elle porta jusqu'à ses lèvres un peu de cette neige qu'elle n'avait jamais goûtée. L'empreinte de ses pas l'assurait qu'elle était bien la première à fouler ce tapis. Elle se mit alors à y décrire des cercles, puis des zigzags en riant. Depuis la fenêtre, pépé et mémé la voyaient aux anges, et ils en riaient !

« Viens vite boire ton café, lui crièrent-ils, ouvrant la fenêtre : tu auras tout ton temps de “gazer” la neige ! »

Oui, elle avait tout le temps de marcher à travers la neige, avec les écoliers sur la route des Quatre-Chemins. La Demoiselle, sa maman et le chien les attendaient groupés autour du poêle, qui n'avait pas été éteint de la nuit, tiédissant ainsi la salle de classe, qui sera ravivé un peu plus quand ce sera l'heure de chauffer les gamelles des élèves.

Après avoir dit bonjour aux arrivants, maman et chien montaient à l'étage supérieur où se trouvait le petit appartement de l'école.

La neige fondait presque dans la journée et il y eut ainsi alternance entre mauvais jours et jours ensoleillés, et doucement s'annonçaient les vacances de Noël.

Les gros bonnets de laine enfoncés jusqu'aux oreilles étaient les bienvenus, et il fallait certains jours s'arc-bouter pour résister à la bise glaciale qui bleuissait les visages.

Un jour, le temps sembla se radoucir, un léger vent venant du sud-sud-ouest. De gros flocons s'échappèrent alors des nuages et avaient blanchi le sol avant que les écoliers ne soient rentrés à la maison. Rentrés chez eux, bien des parents s'exclamèrent : « Gare à cette nuit, ça va tomber ! »

Sans vent, sans bruit, la neige n'arrêta pas de tomber et au matin les écoliers entendirent : « Restez au lit, les petits, il n'y aura pas d'école aujourd'hui. »

Quelle aubaine ! Et le lendemain était jeudi ; deux jours au moins de vacances de neige !

Rose regardant à travers sa fenêtre restait émerveillée, bouche bée. Depuis sa chambre elle comprenait que, cette fois-ci, il s'agissait d'un épais tapis de neige. Sur les toits, elle s'arrêtait à ras bord comme coupée là au couteau. Plus loin, les arbres aux bras nus la retenaient par brassées, les fils électriques en étaient enveloppés comme par des manchons, le sapin du jardin s'était replié comme un parapluie à moitié fermé. « Que c'est beau ! Que c'est beau ! » se répétait-elle en elle-même, et il était certain qu'elle remerciait le ciel et même la mère Clarisse de l'avoir confiée au pépé Antoine un jour de grande colère contre elle.

Rien à voir avec la neige tombée dans la cour de l'orphelinat. Elle ne l'apercevait même pas sur un arbre, sur un toit.

Ici, tout baignait dans un silence reposant qu'elle ressentait à travers tout son corps. Tout cela la portait vers la méditation, et elle ne se pressa point d'aller la toucher dans la cour de la ferme. Son déjeuner fut plus long que d'habitude, son esprit vagabondant malgré la présence de pépé et mémé qui lui disaient : « Cette fois-ci, il en est tombé une bonne “matade”, il faudra sortir les pelles ! » Allait-elle longtemps rester ainsi comme endormie ? Abasourdie ? Que se passait-il en elle ? Elle ne réalisait pas.

Elle essayait sans doute de s'expliquer la chose : de lourds nuages surchargés de neige, fatigués de leur voyage, n'avaient pu porter plus longtemps leur charge et l'avaient lâchée tout d'un coup sur Lafreyde.

Sans qu'on le lui ait dit, elle savait qu'il n'y aurait pas d'école d'aujourd'hui.

« Tu es triste, Rosette, que se passe-t-il ? lui demanda mémé.

– Je ne sais pas, je ne pouvais imaginer tout ça. »

Les uns après les autres, les hommes sortirent avec des pelles pour dégager leur devant de porte et faire la « chalade », ouvrant un petit chemin, d'abord pour aller jusqu'à la grange, puis s'en allant vers le voisin et se rejoignant les uns les autres, pour permettre de se rendre à la fontaine.

Les troupeaux sortirent à leur tour pour se rendre à l'abreuvoir, humant ce tapis blanc surprenant, tandis que deux jets de vapeur sortaient de leurs naseaux.

Le temps n'était pas très froid et, au fur et à mesure que l'heure avançait, les fils électriques se délestaient de leur lourd manchon et reprenaient leur position habituelle.

Dans la cour, sur les tas de fumier au ventre chaud, la neige se consumait et aussitôt accouraient des oiseaux cherchant là quelques graines échappées de l'estomac du bétail. Ils s'envolaient au moindre bruit ou mouvement insolite.

Les paysans vaquaient à leurs occupations intérieures habituelles, tandis que Rose et bien d'autres observaient le dehors à travers les vitres, protégées par les contrevents durant la nuit. Le gel n'avait esquissé un grossier canevas sur le verre.

L'après-midi, Juliette se présenta à la maison demandant :

« Mémé Justine, est-ce que je peux emmener Rose faire du traîneau ? Nous allons jusqu'au Pré Long.

– Mais bien sûr. Prends tes galoches, Rosette, une bonne paire de bas et habille-toi bien. Mets un cache-nez autour du cou et n'oublie pas ton bonnet de laine. Je vous tiendrai au chaud un bon bol de chocolat pour votre retour, car je sais que vous allez revenir les pieds trempés. J'ai joué dans la neige avant vous, je sais ce que c'est !

– Merci, mémé ! »

Tous les jeunes s'étaient donné rendez-vous au Pré Long, une longue prairie en pente. Les garçons s'étaient munis d'une grossière luge et s'essayaient à glisser dessus le plus loin possible. Et il y en avait là de la jeunesse ! Des plus jeunes allant en classe, mais aussi des gaillards n'allant plus à l'école.

Et, du fond du pré, une fois la glissade faite, il fallait remonter en tirant ce qu'ils appelaient « traîneau » par une ficelle. Tous les essais n'allaient pas jusqu'au fond du pré ! Il y avait beaucoup de culbutes en chemin ! On continuait alors ou on remontait pour un autre essai. Les filles regardaient les garçons se livrer à cet exercice.

Mais voici Andrelou l'intrépide :

« Monte derrière moi, Rose, et ne laisse pas traîner tes pieds dans la neige ! »

Et Rose monta pour essayer son traîneau. L'engin prit de la vitesse et, en cours de descente, voilà nos deux jeunes projetés dans la neige, chacun de son côté, puis se relevant en riant. Ils continuèrent la descente jusqu'au fond du pré, heureux de leur exploit, mais de là il fallut remonter et la marche était bien pénible dans cette couche de neige où il leur semblait s'enfoncer jusqu'aux genoux.

D'autres jeux consistaient à s'étendre dans la neige sur le dos pour y laisser l'empreinte de son corps.

Des garçons se mirent à rouler de gros paquets de neige qui grossissaient au fur et à mesure qu'ils les poussaient et qui devenaient de vrais rouleaux auxquels la neige, collant, laissaient une allée toute propre derrière eux. Une fois assez gros, ils essayaient de les coucher sur le côté. Y réussissant, cela formera alors l'essentiel du corps d'un gros bonhomme de neige qu'il ne restera plus qu'à terminer par apport de gros paquets et à façonner à sa guise. Plus tard, quand la neige se mettra à fondre, il restera d'eux, dans le pré, des tas de neige insolites essayant de résister à l'usure du temps radouci.

Rose s'abandonna à ces jeux sans retenue, sans contrainte, ne craignant aucune réprimande, même lorsque les garçons la culbutaient dans la neige, trouvant plaisir à lui en mettre dans le cou, et même lorsqu'elle roula les jambes en l'air dans son équipée avec Louisou.

Quelle merveilleuse récréation. Drelou était là aussi avec son traîneau, il descendit et remonta seul plusieurs fois la piste de glisse, mais n'invita personne à lui tenir compagnie.

L'après-midi se terminant, on quitta les lieux pour rejoindre les maisons tout en se poursuivant à coup de « pagots[1] », bataille quelquefois rangée entre filles et garçons.

Juliette accompagna Rose chez mémé Justine.

« Ah ! Ce qu'on s'est bien amusés, mémé ! riait la fillette.

– Oui, mais quittez vite vos chaussures et mettez vos pieds sur ce "bragier[2]". »

Le bol de chocolat promis était au chaud sur un coin du fourneau.

Pépé paraissait inoccupé assis près du fourneau, dont il appréciait la compagnie, et il rappela :

« Que cela ne vous fasse pas oublier vos devoirs, les filles ! Il y a le certif en juillet prochain !

– Je viendrai en veillée, répondit Juliette.

– Neige ou pas neige, demain je vais atteler Bichette à l'étrave pour ouvrir le chemin de l'école.

– Une étrave, qu'est-ce que c'est pépé ? demanda Rose.

– Oh ! ce n'est pas quelque chose de bien compliqué. Deux hautes planches épaisses clouées de

1. *Pagot : boule de neige.*

2. *Bragier : chauffe-pieds.*

chant et s'avançant dans la neige à la façon de l'avant d'un bateau, tenues par des planches clouées en travers, une banquette pour le conducteur, et hue, Bichette ! C'est moi qui suis chargé de cette corvée pour Lafreyde, mais il en est de même pour chacun des autres villages et, dès demain, la Demoiselle reverra ses élèves. La “trace” sera faite pour les piétons.

– Je pourrai monter avec toi, pépé ? souhaita la fillette.

– Oui, il y a de la place pour deux et ça fera même un poids supplémentaire, ce qui est une bonne chose pour racler la neige le plus bas possible. Il m'est arrivé de la surcharger de grosses pierres.

– Alors, ce sera une promenade en traîneau ?

– Si l'on veut, mais n'oubliez pas vos devoirs !… »

La neige fondait, revenait. Les vaches allant trois fois par jour à la fontaine lâchaient régulièrement leurs bouses sitôt sorties, comme si elles y trouvaient du plaisir ! Quelle gadoue dans le village, et pépé en ramenait régulièrement une cruchée d'eau, la petite n'étant pas là pour le faire.

Enfin ! voici Noël qui apporte avec lui quelques jours de vacances et la messe de minuit, qui semble fort attendue par les filles comme par les garçons, car on s'y rendait par groupes, les filles se donnant le bras. Mais c'étaient aussi des familles entières qui se déplaçaient, et davantage à pied qu'en carriole.

Ainsi le voulait la tradition. On allait entendre les chants non moins traditionnels que tant de générations précédentes avaient entendus.

Ce fut une nuit glaciale mais sans neige. La clarté de la nuit permit de s'y rendre sans lanterne, alors que mémé Justine se plaisait à raconter que, de son temps, les filles allaient en groupe tandis que les garçons ouvraient la route une lanterne à la main. L'église était pleine à craquer. Les orgues, que Rose avait entendues tonner à faire résonner la grande cathédrale du Puy tout entière, s'étaient sans doute déplacées.

Il y eut d'abord la chorale avec les chants traditionnels de Noël : « Il est né le Divin Enfant », « Les Anges dans nos campagnes », des « Glorias » sans fin, toutes choses répétées et chantées de bon cœur au couvent. Une voix d'homme forte, bien timbrée, s'élança soudain pour entonner le *Minuit Chrétiens.*

Il faisait si froid à la sortie de la messe que chacun serrait bien fort ses vêtements sur soi ; il paralysait les bras de ces garçons qui espéraient que la nuit favoriserait l'approche des filles. Leurs mains n'avaient point envie de sortir des poches. Tous n'avaient qu'un désir : rentrer bien vite chez eux où ils savaient qu'un bol de café au lait ou de chocolat les attendait sur un coin de la cuisinière.

Pépé et mémé, comme la plupart des parents restés bien au chaud, sortiront la carriole pour la messe de jour tandis que les jeunes feront grasse matinée.

Le Premier de l'an faisait aussi partie de ces vacances. C'était le jour où tout le village allait de maison en maison pour se souhaiter la bonne année.

Drelou se présenta le premier pour embrasser pépé, mémé Justine et bien sûr Rose.

À cette occasion, chez tout le monde, on avait acheté un demi-litre de rhum et une bouteille de Quina. Le rhum était pour les hommes, et le Quina pour les dames. Les jeunes, selon les maisons visitées, recevaient quelques papillotes et quelquefois une orange.

Juliette vint se joindre à Rose et à Drelou pour continuer les visites, prenant en passant Louisou.

Et l'on rejoignit une fois de plus l'école, la Demoiselle et sa maman. Il neigeotait de temps à autre mais pas méchamment. Un jour, au retour de l'école, arrivèrent comme des giboulées, poussées par un vent tourbillonnant, violent. On avait de la peine à avancer.

« La burle arrive, dit pépé, gare à demain et même cette nuit. »

La prière du soir dite et une brique bien chaude dans le lit de chacun, arriva une bourrasque qui faillit arracher les volets de la cuisine encore ouverts, et pépé eut bien de la peine à les fermer tandis qu'une vague de neige le saupoudrait.

« Gare ! gare à ce qui arrive ! Il faudra pas mettre le nez dehors ! »

Ce vent neigeux soufflait violemment dans le haut de la cheminée, rageant de ne pouvoir y pénétrer.

« Comme c'est beau, mémé, tu entends ? disait Rosette toute émerveillée.

– Beau ? On voit bien que tu es à l'abri ! Tu ne te doutes pas de ce qu'il fait dehors ! gronda mémé.

– Ça chantonne parfois, il y a des hauts et des bas. Puis cela semble terrible comme les orgues de la cathédrale qui se mettent à gronder, à tonner à tout faire trembler, et se radoucissent soudain comme pour parler avec ceux qui les écoutent, et pour leur expliquer leur colère.

Si tu savais, mémé, comme j'aime écouter la chanson du vent dans le grand sapin du jardin et que j'entends depuis ma chambre ! Je crois que sa chanson n'est que pour moi, pour moi seule, et je m'endors heureuse, bercée, apaisée alors que je voudrais l'entendre encore. Comme c'est beau la campagne ! Merci pépé, merci mémé, d'être venus me chercher.

– Merci, mon Dieu, de nous avoir donné Rosette, ajouta pépé Antoine, nous sommes quittes. »

Le vent souffla toute la nuit. À son réveil, Rose s'empressa d'ouvrir ses volets et reçut en pleine figure un souffle de neige virevoltante avant qu'elle ait pu refermer la fenêtre. Derrière ses vitres, elle vit les maisons et les troncs des arbres crépis de neige.

La cuisine était dans le noir, on n'avait pu ouvrir les volets contre lesquels « l'eicire[1] » avait accumulé la neige. Mémé était restée au lit tandis que pépé, ayant ouvert la porte de l'étable, se trouva devant un mur blanc. Il était en train de déblayer de son mieux.

« Je ne suis pas encore arrivé vers la fenêtre pour vous donner un peu de jour, et si la tourmente revient, ma tranchée sera de nouveau comblée. Restez bien au chaud », conseilla-t-il.

Les volets de la cuisine restèrent ainsi fermés une partie de la matinée.

« Tu vois, Rose, fit remarquer pépé, quand la burle vient, elle semble n'emporter avec elle que de la poussière de neige mais celle-ci s'accumule contre tout obstacle et la couche monte, monte ! »

La tempête s'était calmée et la tranchée ne se reboucha pas. Sitôt la porte d'entrée atteinte, le cantonnier des neiges se dépêcha de l'ouvrir et de

---

1. Eicire : vent de tempête.

venir un moment se mettre au chaud bien qu'il transpirât. Il se réconforta par un bon café.

« Une lampe à pétrole pour éclairer une cuisine en plein jour ! C'est un peu curieux pour une fille de la ville comme toi, Rose !

– Alors, pépé, c'est aujourd'hui que je vais monter en traîneau ?

– Ah, fichtre non ! Bichette ne pourrait même pas avancer dans certaines congères. Je suis sûr que vers les prés bas, il faudra aller déblayer aussi avec la pelle. Heureusement que nous n'attendons pas de courrier, car, là, nous sommes coupés du chef-lieu pour quelques jours. Mais nous avons nos provisions !

L'hiver reste l'hiver, avec ses caprices plus ou moins sérieux, plus ou moins nombreux. En attendant, tu es en vacances. Sitôt la "chalade" faite, je suis sûr que Juliette va venir avec ses cahiers. N'oubliez pas ce certif ! Il faut le prendre au sérieux.

La Demoiselle, sa maman et leur chien sont au chaud mais restent bien isolés du monde. Le fermier, son plus proche voisin, enverra certainement quelqu'un leur rendre visite dans la journée. »

Dans la journée, chacun resta chez soi, les hommes sortant de temps en temps pour déblayer un peu plus. Puis les vaches purent sortir pour aller à l'abreuvoir, piétinant la neige à la queue leu leu ;

leur cheminement permit ainsi d'aller quérir l'eau du ménage.

« Dis-moi, pépé, tu m'as toujours parlé de filles institutrices à l'école des Quatre-Chemins, pourquoi n'y envoie-t-on pas des garçons ?

– Il y en a eu. Tu sors de l'École normale avec un rang de classement et c'est d'après celui-ci que tu peux choisir les postes vacants. Tu vois si on a intérêt à y travailler sérieusement. »

Juliette ne se présenta pas de la journée ! C'est après souper qu'accompagnée de Séverine elle vint pour la veillée.

On leur avait appris que, dans le temps, dans le courant de l'hiver on allait une fois chez l'un, une fois chez l'autre pour passer la veillée, les nuits étant tellement longues. La maman de Séverine avait précisé que l'on y contait des histoires et que pépé Antoine devait bien en savoir quelqu'une.

« Oui, pépé Antoine, maman m'a dit que vous saviez des histoires, alors vous allez nous en conter quelques-unes !

– Des histoires, moi ? Mais non, mais non ! Je ne sais pas grand-chose si ce n'est quelques histoires de la caserne. Quelques tours qui se jouaient entre soldats et, disons plutôt, que les anciens jouaient aux jeunes recrues, aux "bleus" comme nous les appelions. Mais vous, les filles, vous ne pouvez comprendre cela... Vous n'aurez pas à connaître cette vie de caserne où nous passions trois ans de notre vie de garçon ! »

Et il racontait ses trois années dues à la nation, trois années sous l'uniforme, où quelques farces, quelques joyeux tours de gosses, toujours les mêmes, ne pouvaient pas faire oublier les journées de défilés, les semaines de marche sac au dos pour se rendre aux grandes manœuvres, depuis Lyon jusqu'à des camps haut perchés dans les Alpes.

« Mémé aussi doit bien savoir quelques histoires ?

– Allez la màira, à ton tour, réclama pépé.

– Non ieu las sabe mé bien én patois ! se récria mémé.

– Ça ne fait rien, mémé, dites-les-nous en patois !

– Non, ma drôlette ne les comprendrait pas !

– Mais si, mais si, je comprends très bien pépé quand il parle à ses vaches ! protesta Rose.

– Eh bien, moi aussi, ce ne sera pas un conte de veillée mais bien du vécu. Elle s'est passée dans ma famille et s'est transmise de génération en génération.

D'aquelh téms d'aqui, oui en ce temps-là, il y avait beaucoup de bois à traverser avant d'arriver à notre petit village perdu, Le Villard, et tout le monde sait que beaucoup de loups affamés rôdaient aux alentours. Une de nos parentes s'était attardée dans une ferme éloignée et elle en revint de nuit. Sans qu'elle s'en aperçoive, le loup marche sans faire le moindre bruit, elle était suivie par l'un d'eux. Elle se trouvait tout près d'une maison isolée, qui ne servait plus que de grange, quand le loup se jeta sur elle. Elle poussa un cri et tomba "d'abouchou" (face contre terre). Réalisant ce qui venait de lui arriver, elle fit la morte, ne bougeant plus. Elle savait qu'avec le loup il faut agir ainsi. C'était en plein hiver et il y avait de la neige.

Le loup voulant aller chercher sa meute pour se régaler tous ensemble couvrit la "morte" de neige, et partit au galop en hurlant pour rassembler sa famille. Notre parente se releva et entra bien vite dans la grange, refermant la porte au verrou.

La meute arrive, sent la trace de la proie disparue jusqu'à la porte de la grange, grattant tant et plus pour l'ouvrir ; sans succès et elle s'en alla quand le jour fut bien levé. Durant toute la nuit, notre parente, recroquevillée dans un coin, eut grand peur. Sa ruse l'avait sauvée ! conclut mémé.

– Il n'y a plus de loups, mémé, je n'en trouverai pas pour rentrer chez moi ? s'écria Séverine.

– Non, n'aie pas peur, mais après de telles histoires, je te comprends : tu l'accompagneras, Antoine, dit mémé.

S'il n'y a plus de loups maintenant, ils avaient fait de grands ravages, il n'y a pas si longtemps, s'attaquant surtout aux petites filles ! Dans tout le royaume il y avait des lieutenants louvetiers, nommés par les autorités pour leur faire la chasse. Des battues étaient organisées sitôt son apparition signalée.

On parlait aussi de loups-garous. De ceux-ci, on ne savait pas s'il s'agissait de vrais loups ou d'hommes déguisés en loup avec quelque vieille peau d'animal. Il en est ainsi de quelque bête féroce qui a longtemps fait parler d'elle dans le Gévaudan, et c'est pour cela que l'on dit la bête du Gévaudan et non le loup. Ce fut un nommé Chastel qui tua la grande bête et mit fin à la peur qui hantait la région.

Réalité ou invention, ce fameux chasseur avait fait ses plombs de chasse à partir de médailles fondues de Notre-Dame du Puy ! »

Pépé annonça un jour qu'il fallait tuer le cochon avant que le dégel n'arrive, car c'est par grand froid que la viande se conserve le mieux.

« Non ! s'écria Rose, je ne veux pas voir ça !

– Mais tu ne le verras pas, nous le ferons un jour où il y aura classe, dit pépé.

– Pauvre bête qui va souffrir, qui va crier. J'en ai entendu un que l'on égorgeait au fond du village, mon Dieu que l'homme est méchant ! s'indignait Rose.

– Ma brave petitoune, répondit mémé, on ne le fait pas par plaisir, mais je te l'ai déjà dit, nous vivons sur ce que nous produisons : en plus des pommes de terre, les poules, lapins et cochons nous assurent l'essentiel des repas. N'y pense plus. »

La brave Rose alla dire adieu au cochon à qui elle avait porté bien des fois sa pâtée. Elle essaya de ne plus y penser, mais ces cris d'égorgé qu'elle avait entendus ne quittaient plus sa tête. Son repas de midi fut bien triste alors que ses camarades, habitués à la chose, en riaient.

Au village, on ne disait pas la « tuée du cochon », mais bien la « fête du cochon ». Tout le monde ne pouvait pas élever un cochon et, celui qui pouvait le faire, assuré d'avoir de quoi manger durant l'année à venir, en était heureux et en faisait bénéficier le voisin ou le parent qui venait l'aider à la tâche. Institutrice et Béate ne sauraient être oubliées, elles aussi goûteront au cochon. On leur portera « le plat », c'est-à-dire de quoi faire un repas.

Il y aurait même des festivités le soir au souper.

Effectivement, Juliette et Drelou, les plus proches voisins, furent invités, ainsi qu'un vieux garçon un tant soit peu chanteur et conteur, pour le sortir de sa solitude.

C'est au repas de midi que l'on goûta au boudin dont la préparation incombait à la ménagère de la maison. On put alors apprécier sa façon toute personnelle d'assaisonnement et la complimenter.

Le soir, on goûtera aux saucisses qui ont été emplies et ficelées dans l'après-midi. Là aussi, on saura si le charcutier d'occasion a salé à point et si son mélange viande et graisse est satisfaisant.

Le débitage de la bête terminé, tout était entreposé dans le charnier, petite pièce empiétant sur la grange, munie d'un « fenestrou » côté nord, précédé au-dehors par une grille au maillage très fin empêchant les mouches d'entrer. On y accédait par une porte s'ouvrant dans un angle de la chambre de Rosette. C'est là que pendront saucisses, saucissons, jambons pour leur mûrissement, tandis que le manteau du porc, ou lard, est étalé sur une claie et généreusement saupoudré de gros sel. Dans un coin, toujours le même depuis des générations, semble dormir la grande jarre à salaison où seront mis tous les bas morceaux, côtes et autres qui deviendront le « petit salé ».

Ainsi, depuis la cuisine jusqu'en haut de l'habitation, cela va sentir pour un bon bout de temps la chair fraîche, comme le clamait tout heureux le méchant ogre pressentant la présence du « Petit Poucet et de ses frères ».

Le repas du soir, où l'on goûtait aux saucisses fraîches et à d'autres morceaux qui avaient « dardoullé » (cuit à gros bouillon) dans la marmite à soupe, était l'occasion de se distraire vous ai-je dit. C'est là, tandis que se prolongeait le repas, que se produisait le vieux garçon chanteur et conteur dont le répertoire ne variait pas.

Il commençait d'abord par ce qu'il savait par cœur depuis l'école :

« Vous n'aurez pas l'Alsace ni la Lorraine,
Et malgré vous, nous resterons Français… »

Puis il se mettait à conter. Le début de ses contes allait assez bien, mais voilà que tout à coup il ne se souvenait pas de la suite, alors, de son mieux, il brodait, il inventait et c'est surtout ce brouillamini cocasse qui amusait la société.

Drelou fut placé entre les deux filles et cela, sans doute volontairement, trois écoliers, cela va bien ensemble !

« Vous, les écoliers, dit pépé Antoine, vous allez nous chanter quelque chose en chœur, comme vous faites à l'école. Le chant que vous avez préparé pour le certif. »

VIII

« Je veux faire paysanne ! »

Le printemps vint peu à peu : violettes, pâquerettes, fleurs de prunellier l'attestaient. Le repos de la végétation se terminait.

Les arbres, se réveillant, se vêtiront peu à peu de leur timide et fragile tenue de printemps, puis assureront leur feuillage d'été.

Les hirondelles avaient retrouvé leur habitation des beaux jours : nids sous les toits ou dans les étables. L'alouette, depuis le lever du soleil, chantait sa joie. Les humains reprenaient les travaux des champs avec une ardeur nouvelle. Finie, bien finie la mauvaise saison !

La route de l'école était sèche et arrivaient les vacances de Pâques où les cloches à toute volée annonçaient le retour à la vie.

Pour les candidats au certificat se présentait un dur trimestre de travail et de grande appréhension. Plus question de quitter la classe avant l'heure pour aider aux travaux des champs. Pour garder les vaches, Rose emportait avec elle des livres de classe et révisait les leçons tout en surveillant le petit troupeau.

La Demoiselle décida de présenter à l'examen Rose, Juliette et Philomène, qui habitait une ferme isolée ainsi que Drelou. Pas question pour Louisou qui n'avait pas donné satisfaction dans ses résultats scolaires.

Au jour fatidique, la Demoiselle et toute sa petite équipe rejoignirent le centre d'examen, où les attendaient des maîtres inconnus d'eux pour les surveiller pendant les épreuves.

À l'appel de son nom, chaque élève prit place devant une table-pupitre semblable à celles de sa propre école et y disposa son plumier approvisionné de quelques plumes neuves, et d'un buvard tout neuf. Les voilà tous dans l'angoisse.

Dictée, problème d'arithmétique et rédaction étaient au programme de la matinée.

Un frugal repas retenu d'avance dans une auberge fut l'occasion pour chacun de discuter des quelques difficultés rencontrées dans ces diverses matières avec la Demoiselle, qui les rassura tous.

Quatorze heures : proclamation des résultats. Tous reçus ! Quelle réussite récompensant les efforts de chacun. Suivit l'oral.

Là, malheureusement pour le timide Drelou, ce fut le plus difficile. Il s'embrouillait ; il pleura même, alors que les examinateurs faisaient tout pour le rassurer et même l'aider. Il resta trop silencieux sur les questions posées et il ne fut pas possible de le faire participer à l'épreuve de chant.

Brave Drelou. Il rentra au village sans son diplôme !

Quelle déception ! On ne voulait y croire. Rose embrassa chaudement Drelou, essayant de le consoler de son mieux ; les autres filles l'embrassèrent aussi, tandis que la Demoiselle l'assurait que même sans son diplôme il était aussi instruit que ceux qui l'avaient et que cela ne l'empêcherait pas de réussir dans sa vie de paysan, puisqu'il projetait de succéder à son père.

Il n'y eut pas d'entrée triomphale au village, tous participant à la déception de Drelou.

On dit au revoir à la Demoiselle et adieu à l'école des Quatre-Chemins. C'étaient les vacances, les vraies vacances.

Rose et son amie furent chaleureusement félicitées par Antoine et Justine.

« Et maintenant lauréate, que penses-tu faire ? Juliette a toujours dit qu'elle aimerait bien être institutrice, mais toi, Rosette, y as-tu pensé ? demanda pépé Antoine.

– Moi ? Je veux faire paysanne, je veux rester avec vous, j'aiderai pépé dans les champs, je ferai la soupe, j'apprendrai à faire des gants et tiendrai compagnie à mémé quand pépé n'aura pas besoin de moi.

– Tu as vraiment pensé à ça ?

– Oui, pépé, je rêve d'être libre, d'aller garder les vaches, de vivre au village, de faire les foins, les moissons, et de rester toujours avec toi pour t'aider.

– Allons, allons, Rosette, tu n'as pas vraiment réfléchi. Demande à mémé ce que c'est que d'être paysanne ! Être libre, dis-tu ! Mais tu ne l'es pas, mais point du tout ! Le bétail, le travail dans les champs sont tes maîtres ; il n'est pas question de les abandonner à eux-mêmes, tu es esclave, esclave de tout : du temps, de la pluie comme du soleil. Ne sont paysans que ceux qui, nés de la terre, n'ont pu la quitter, rien faire d'autre. Tu as ton certificat d'études, il faut penser à autre chose, ce ne serait pas raisonnable.

Tu es une fille de la ville, il faut que tu retournes à la ville, dans les meilleures conditions, pour lutter, lutter, car la vie même en ville reste une lutte perpétuelle, mais plus facile à vivre qu'à la campagne.

– Qu'en sais-tu, pépé, si je suis de la ville ? répliqua Rose.

– Mais bien sûr, bien sûr, allons, sois raisonnable. Tu peux devenir institutrice toi aussi, ou infirmière ou travailler dans un bureau, mais pas dans le fumier comme nous faisons, nous paysans, tentait de la convaincre pépé.

– Si, pépé, je veux vivre dans une maison comme la vôtre, avec le tas de fumier à côté, je veux aller chercher l'eau à la fontaine et pouvoir dire bonjour en passant à tous les voisins, mais pas dans une grande maison, pas là où il y a des rues, des gens qu'on ne connaît pas, où l'on se croise sans se dire bonjour.

– Non, non, comme Juliette qui veut devenir institutrice, tu vas encore faire deux années d'école en cours complémentaire. L'instruction est indispensable pour se faire une place au soleil. Tu auras alors seize ans, et, là seulement, tu pourras décider, tu connaîtras davantage ce qu'est la vie, tu auras fait connaissance avec de nouvelles camarades, qui viennent de la ville comme de la campagne, tu seras plus mûre, plus à même de décider de ton avenir. Avec mémé, nous avons pensé à tout cela. Chaque dimanche, chaque jour de vacances tu seras là avec nous, et aussi pour les fenaisons et les moissons. Il faut absolument que tu continues tes études, tu en as les moyens. Plains ceux qui ne peuvent rien faire d'autre que rester paysans ou ouvriers, c'est-à-dire manœuvres à tout faire.

Allez, tu vas réfléchir sérieusement et, en attendant, va chez Juliette lui faire mes compliments et bavarder avec elle pour en savoir plus sur ce qu'elle a vraiment décidé de faire. »

Quand Rose fut partie :

« Eh bien la mère, tu as entendu ? Elle veut faire paysanne ! dit Antoine à sa femme.

– Et pourquoi pas ? Elle a son certificat d'études, et après ! Tu as bien le tien, toi, et tu es resté paysan, et pas plus avancé que ceux qui ne l'ont pas.

– Pas plus avancé ! Mais les conditions pour elle et pour moi ne sont pas les mêmes. Mes parents, fermiers d'un domaine assez important, avaient besoin de bras d'homme, ils comptaient bien sur moi pour les aider, et aux champs et pour les démarches à faire avec les notaires et autre. Ils ne parlaient que patois, ils pouvaient et craignaient de se faire “rouler”, et les quelques terres que j'ai achetées et qui nous font vivre sont bien le fruit de ce que j'ai su faire, aidé de mon savoir.

– Moi, j'ai pensé que puisque nous n'avons aucun héritier, nous pouvions lui “bailer” notre bien et la marier avec un paysan qui lui en apporterait aussi un peu.

– Eh là ! eh là ! la mère, tu vas un peu vite : s'il nous arrivait quelque chose à toi ou à moi avant ce mariage, qu'est-ce qui resterait à faire pour le survivant, sinon vendre les terres petit à petit pour ne pas tomber dans la misère ? Tu vois que mon certif, à moi, me sert au moins à réfléchir !

– Toi, tu lui avais déjà trouvé un mari, je parie.

– Oui, le Drelou ferait bien l'affaire. Je pense qu'ils ont quelques sentiments l'un pour l'autre.

– Quelques sentiments et quatorze ans ! Réfléchis, même sans certificat d'études. »

« Rosette, viens voir, j'ai pour toi une surprise : tu vois là-bas où j'ai laissé une touffe d'herbe. Vas-y voir et n'y touche pas, montrait pépé en expliquant.

Un nid d'oiseau, sans doute d'alouette des prés. Des œufs bleu-vert ! Ils sont beaux ! Ils sont prêts à éclore. Habituellement, quand on fauche, on trouve le nid vide, les oisillons sont partis. Papa et maman oiseaux doivent nous surveiller de quelque part, perchés sur un mur, je suppose. Ils se demandent avec grande inquiétude ce que nous allons faire de notre découverte. Il ne faut pas y toucher, sinon ils ne finiraient pas de couver et les œufs pourriraient là. Pourquoi cela ? Je ne sais pas, mais c'est ainsi. Chaque oiseau a sa façon de construire le nid et un endroit particulier où le cacher. Le merle niche dans quelque buisson touffu, les culs-blancs sur quelque grosse pierre avec une toute petite ouverture pour y pénétrer, les culs-rouges dans les vieux murs, les corbeaux et les pies en haut des arbres, le plus haut possible. Corbeaux et pies voraces n'hésitent pas à se précipiter sur les nichées qu'ils arrivent à atteindre et eux-mêmes pour protéger leur nid des rapaces, ils le couvrent par des buissons. Et sais-tu que des mésanges nichent dans des boîtes aux lettres le facteur où ne dépose rien ? Comment peuvent-elles se glisser là, au fond ? Et comment en sortent les oisillons ? Mystère que tout cela, et la nature est pleine de ces mystères auxquels l'homme, toujours pressé par son travail, ne fait même pas attention ! Chacun protège sa petite famille, cela à sa façon et c'est merveilleux. Nous, les humains, jaloux de ce savoir-faire, ne voulons pas reconnaître que tout ce petit monde est intelligent, alors nous appelons cela de l'instinct !

– Et les hirondelles, pépé !

– Ah oui, eh bien, elles savent faire de la maçonnerie. Becquée après becquée, elles construisent leur nid sur le crépi des maisons, sous l'avant-toit pour y être à l'abri et même dans les étables, sous le plafond, pourvu qu'il y ait quelques pointes après une solive qui les aidera à y fixer leur construction.

Elles ont donc visité les lieux avant de s'y installer. Il y a de leurs nids dans l'étable de Drelou. Après l'éclosion, ce ne sont qu'allées et venues sans arrêt du papa et de la maman, apportant la becquée à chacun de leurs six bébés. Tu vois, tous les oisillons bec ouvert installés autour du nid attendant leur becquée. Étant deux à les satisfaire, comment savoir à qui revient la becquée suivante ? Aucun n'est oublié, c'est sûr.

Peut-être est-ce le moment de l'éclosion, tu iras y jeter un coup d'œil, il y a de quoi s'attarder à voir cela. Sais-tu que si, par inadvertance, toute issue de l'étable se trouve fermée quand l'hirondelle est de retour, elle se présente à la fenêtre de la cuisine et y donne des coups de bec pour qu'on vienne lui ouvrir l'étable ?

Mais je me suis mis à bavarder de tout ça, et cela ne m'a pas avancé dans mon travail ! s'interrompit pépé.

– Pépé, cela t'a reposé, ça nous a fait du bien et nous allons tous deux y aller de plus belle au travail », promit Rose.

Et, tandis que Pépé allait retrouver sa faux, Rosette prit le râteau et faillit pleurer à chaudes larmes ; les oiseaux donnaient des leçons aux humains.

Comme l'année précédente, Rose fit les chars de foin, participa de son mieux à leur déchargement, alla garder les vaches, quelquefois perchée sur Bichette. Puis il y eut les moissons.

Quelque temps après l'arrivée triomphale des lauréates du certificat, pépé Antoine avait attelé Bichette et s'en était allé vers la ville sous on ne sait quel prétexte. En fait, il était allé jusqu'à l'école des Quatre-Chemins rencontrer la Demoiselle pour lui demander conseil. Il s'inquiétait de l'avenir de sa pupille, et, le cas échéant, des possibilités d'obtenir pour elle une bourse d'études qui lui permettrait de continuer ses études, ses moyens propres ne lui permettant pas de payer une pension.

La Demoiselle fut heureuse de cette visite et complimenta chaleureusement Pépé Antoine d'avoir tant d'affection pour cette petite abandonnée. Elle l'assura qu'elle-même ferait tout le nécessaire pour constituer le dossier de demande et qu'elle se chargerait de trouver quelqu'un qui puisse fortement appuyer la demande. La petite méritait bien cela.

Une fois le dossier complet, elle le lui porterait elle-même pour les diverses signatures et en profiterait pour discuter de la chose avec « la petite paysanne ».

Mémé Justine ne cessait de répéter :

« Nous avons pris cette petite pour nous aider, pour t'aider toi, le père, vu que je ne puis plus le faire, elle est bien gentille, c'est sûr, mais ce n'est pas à nous de lui payer des études ! Elle restera avec nous puisque c'est son goût, un point c'est tout. Et j'en suis très heureuse. Tu la vois partir en pension et toi rester seul à t'épuiser, à travailler pour deux, comme un forcené ! Être à la fois au champ et au pré ! Il ne te resterait plus qu'à aller en chercher une autre pour garder les vaches et m'apporter l'eau de la fontaine. C'est insensé ! Les gens du village ne comprendraient pas et riraient de ta bêtise. Payer des études à une fille de l'orphelinat qu'on est allé chercher pour aider à faire tourner notre petite ferme. Ça ne s'est jamais vu, ça ! Raisonne un peu ! Nous ne l'avons pas adoptée, et l'orphelinat peut nous la reprendre à tout moment.

– Mais oui, mais oui, je raisonne ; c'est une idée comme une autre, ce n'est pas encore fait ! Je réfléchis. »

Le soir, à la fin de la prière, pépé sembla appuyer plus fort sur le « Merci, mon Dieu, de nous avoir donné la petite Rose ».

Rose raconta à Juliette que pépé Antoine aimerait qu'elle continue la classe en cours complémentaire, comme elle.

« Ah ! chic alors ! Toutes deux ensemble ! Mais c'est un rêve ! Toutes deux dans la même classe, côte à côte au repas et sans doute dans un lit voisin au dortoir, et encore ensemble pour les sorties en promenade, s'enthousiasme Juliette.

– Pour les promenades par rangs de trois et en silence ! objecta Rose.

– Pourquoi en silence ? Une promenade, c'est pour nous détendre des heures de classe. Bien sûr, on traverse la ville en rang, et c'est bien normal, mais une fois arrivées au but de la promenade, on joue dans la nature, dans la campagne proche.

– Et le dortoir sous surveillance. Si tu savais comme j'apprécie d'être seule dans ma chambrette, de lire si je veux, d'ouvrir ma fenêtre et de sourire à la lune, si je veux, de m'éterniser à compter les étoiles, à entendre aboyer les chiens du village ! Je les connais tous à leur façon de se faire entendre de leur maître, et puis la chanson du vent dans le grand sapin du jardin. Ça, c'est beau, c'est reposant. Comme j'aime aller librement dans le village, j'ai horreur des murs qui limitent les cours d'école.

Et puis toi, tu iras pour devenir institutrice, mais moi, pourquoi irai-je ? Je me trouve si bien ici », dit Rose.

Quelques jours après, des chiens se mirent à aboyer au village.

Une jeune femme de la ville, à n'en pas douter, s'avançait vers la maison, où elle avait aperçu la fenêtre ouverte.

« Pardon, madame, je cherche la maison de Rose Mars.

– Mais c'est ici, mademoiselle, entrez donc, invita mémé.

– Je suis son institutrice et je viens prendre de ses nouvelles, ainsi que de ses autres camarades du village. Je n'étais encore jamais venue jusqu'ici, mais le village paraît désert.

– Tout le monde est occupé à rentrer les foins. Du matin au soir, tout le monde est dehors.

Et si je suis là, c'est que j'ai une jambe de cassée, je me déplace difficilement, je suis tout juste bonne à tricoter dans mon fauteuil et je donne mon travail à la "leveuse".

La petite est au pré et vous la verrez un peu plus tard revenir en conduisant le char de foin. Asseyez-vous, mademoiselle, je vais vous faire chauffer une tasse de café.

– Volontiers, j'aimerais bien voir toutes ces filles qui, heureuses de leur triomphe et impatientes d'apprendre la nouvelle à leur famille, m'ont quittée bien vite le jour du certificat.

À quatorze ans, il faut qu'elles pensent à leur devenir.

– Eh bien, mademoiselle, je vous dirai que Rosette veut faire la paysanne. Ça lui plaît d'être dans les prés, dans les champs, de voir la pluie et la neige tomber, d'être au bon air. Elle déteste la ville. Je la crois heureuse ici chez nous malgré la rudesse de notre vie, dit mémé.

– On la sent heureuse en effet, elle a beaucoup d'affection pour vous et votre mari. Elle aime la campagne, c'est sûr, je le vois dans toutes ses rédactions, mais elle a de telles dispositions pour continuer la classe en cours complémentaire, il serait malheureux pour elle qu'elle n'en profite pas. Elle est encore peu expérimentée sur ce qu'est la vie, et combien il est difficile de la gagner, de se faire une place au soleil.

– Oh ! mais je vois que vous venez pour essayer de me l'enlever !

– Mais non, mais non, madame, mais l'instruction ne gâte rien et si elle avait une bonne place, un bon emploi, elle serait tellement heureuse de pouvoir vous recueillir à son tour alors que vous aurez pris de l'âge.

– Mais, même paysanne, elle pourrait le faire.

– Sans doute, mais dans de meilleures conditions si elle avait un bon emploi, bien assuré. Si vous saviez comme je suis heureuse de le faire pour ma mère qui est veuve. C'est bien triste d'avoir à vivre seule. L'avenir ne nous appartient pas, vous voyez comme un accident est vite arrivé.

– Il est certain que si mon mari devenait estropié comme moi, n'ayant aucun enfant pour s'occuper de nous, il ne nous resterait plus pour vivre qu'à vendre notre peu de bien petit à petit. Vous parlez comme mon mari, c'est que vous êtes instruite. Tenez, j'entends les chars de foin qui arrivent, vous verrez comme elle sait bien conduire le "parelh[1]". »

Apercevant l'institutrice sortie devant la porte de la maison, Rosette passa l'"estavambou[2]" à pépé et courut à elle ; elle l'embrassa, chose qu'elle n'avait encore jamais faite. Elle ne savait que lui dire, mais sa joie parlait d'elle-même. Pépé avait rangé la charretée devant la grange quand la Demoiselle vint lui serrer la main et lui dire en même temps : « Ça y est, c'est accepté ».

Prétextant qu'elle voulait voir les camarades de Juliette, elle s'éloigna, tandis que la petite paysanne grimpait sur le chargement pour mettre le foin en bas.

---

1. Parelh : attelage.

2. Estavambou : aiguillon.

Tout en mangeant la soupe, le soir, la visite imprévue de l'institutrice fut le sujet de la conversation.

« Cette fille est instruite, dit mémé, elle va te chercher des choses auxquelles on ne pense pas. Elle m'a dit, sans le souhaiter bien sûr, que pépé pourrait bien aussi tomber du char ou se casser une jambe autrement. Eh bien, nous serions propres, mon pauvre Antoine ! Tous deux estropiés !

– Mais moi, je serais là, mémé, ne crains rien, j'aurais soin de vous !

– Oui, dit pépé Antoine, je sais que tu aurais soin de nous, tu es une brave filhoune. Mais il te serait bien difficile de faire valoir nos quelques champs, nos quelques prés alors qu'aucun de nous pourrait t'aider !

– Doucement, doucement, pépé, ce n'est pas pour demain tout ça et d'ici là je serai mariée, nous serons alors deux pour nous occuper de vous, et du reste ! affirma Rose.

– Tu n'as que quatorze ans, Rosette !

– Et vous la cinquantaine, vous êtes encore solides et pour longtemps, je le sais, j'en suis sûre. »

IX

Derniers beaux jours

Les moissons ont été rentrées. Juliette vient souvent voir Rose.

Les liens d'amitié se resserraient de plus en plus entre les deux filles et leur conversation ne pouvait être que le séjour en cours complémentaire.

« Ah ! si tu pouvais te décider, Rosette. Toutes deux copines, la vie de pension ne pourrait que nous être agréable, lui répétait Juliette.

– Peut-être, mais il faut que j'aide pépé et mémé, comment veux-tu qu'ils se débrouillent sans mon aide ? objectait Rose.

– Il en est de même chez moi, mais, dans quelques années, nous pourrions prétendre à un bon emploi et les aider bien autrement en leur assurant une vieillesse, heureuse, sans problème d'argent. »

De son côté, mémé Justine, qui jusque-là n'avait pas trop songé à ce qu'était la vieillesse, se mit à réfléchir.

Pépé avait senti venir la chose et n'en parlait pas, et ce fut un soir, la prière dite et la petite montée dans sa chambre, que mémé reparla de la visite de la Demoiselle. Elle avait bien peut-être raison.

« Et je pense comme toi, comme la Demoiselle, ma brave femme, tu le sais. Puisque la petite a des dispositions pour continuer, il faut qu'elle continue. Jeune, elle aura un bon emploi, s'il faut qu'elle nous garde, nous lui donnerons la ferme en compensation ; elle la louera pour se faire un complément à son salaire. La Demoiselle m'a annoncé qu'elle avait obtenu une bourse pour ses études, chaque dimanche et pour toutes les vacances, au moment des gros travaux, elle sera là pour nous aider ; pour le reste de l'année, c'est bien le diable si je n'arrive pas à me débrouiller : quand je suis au champ avec un attelage, il ne reste qu'une vache à soigner, elle restera à l'étable au lieu d'aller au pré, c'est tout. »

Mise au courant de la décision de pépé et mémé, Rose s'empressa d'aller l'apprendre à son amie. Heureuses de la décision, elles s'embrassèrent.

Vint la fête de fin d'été à Saint-Gal ; elles furent autorisées à s'y rendre seules. Mémé prit son porte-monnaie et remit quelques pièces à Rose pour qu'elle puisse monter sur les manèges. Juliette avait aussi reçu de l'argent de ses parents. Quatorze ans au milieu d'une foule en fête, quel événement pour les deux petites paysannes ! Drelou, Louisou,

Phonsou et d'autres camarades des bourgs voisins et de leur âge étaient là, bien sûr.

Elles rentrèrent avant la nuit, comme il leur avait été recommandé à toutes deux.

« Eh bien, mémé, il y en avait du monde à la fête, et des manèges et de la musique de partout ! Nous avons fait de la "chaise tournante". Louisou était monté derrière moi, il fallait être bien attachés avant de s'envoler. Louisou m'avait fait tourner plusieurs fois autour des chaînes où sont suspendues les chaises, et quand le manège s'est mis à prendre de l'élan pour tourner bien vite, il a lâché ma chaise et je me suis mise à tourner comme une toupie.

J'avais peur que tout lâche, j'avais envie de vomir à l'arrêt du manège et crois bien que je n'y suis pas remontée. Assise à côté de Juliette, j'ai fait aussi un tour en chenille, là où tout en tournant une toile se rabat sur vous, puis remonte et puis encore je suis allée au "Château hanté". Là, on tourne dans le noir, on sent des mains qui vous frôlent la tête, des lumières aveuglantes apparaissent, des cris à vous faire peur retentissent.

Les gens s'agglutinaient devant des "loteries" où des montagnes de vaisselle attendaient le numéro gagnant. Deux vendeuses proposaient les billets. "Plus qu'un billet", criait le charlatan, "et la roue va tourner", mais il restait toujours quelques billets dans les corbeilles des vendeuses. Ah ! "c'est dans cette corbeille que se trouve le billet gagnant, je le sens."

Eh bien que j'aie pris deux billets, la chance n'a pas été pour moi !

– Tant pis, tant pis, tu as passé un bon après-midi, c'est l'essentiel, c'est ce que nous voulions, souriait mémé.

– Que de monde, que de monde ! On avait de la peine à circuler et, pour ne pas nous perdre, Juliette et moi nous nous donnions le bras », s'étonnait encore Rose.

Et puis vint ce jour d'octobre où il fallut faire connaissance avec l'internat du Puy.

Mémé Justine avait fait des achats de vêtements la semaine précédente pour que la petite ait bien chaud l'hiver, ainsi qu'une paire de chaussures, les galoches montantes n'étant pas de mise en ville. Elle fit cela de bon cœur, tant pis pour la « létricité » espérée.

Le tout fut rangé dans une valise poussiéreuse qui dormait sur une armoire et qui n'était autre que celle de pépé lorsqu'il partit faire son régiment. Juliette avait rangé ses effets dans une malle et il fut décidé que son père les emmènerait et viendrait les chercher à chaque « sortie ».

Adieu Lafreyde, adieu pépé, adieu mémé, voilà les deux filles faisant en sens inverse le parcours qu'avait connu Rose emmenée chez des inconnus.

Quels souvenirs pour elle ! Cette couverture empruntée à l'auberge du Pertuis ! Et voici Le Puy, ses rochers et sa cathédrale. Rose larmoya sans explication.

Dans ces rues où elle avait défilé en rang par trois. Elle revoyait aussi la grande fête du 15 août, interminable procession au pas lent où les nombreuses congrégations religieuses sortaient au grand complet pour marquer leur importance, où chaque paroisse était représentée, bannières en tête, tout le monde chantant des *Ave Maria*…

Saint-Léonard, où se dispensait le cours complémentaire, se trouvait dans cette rue étroite et pavée qu'elle empruntait avec tout l'orphelinat pour se rendre chaque dimanche à la grande messe à la cathédrale ! Elle ignorait cela comme elle ignorait que le bâtiment fut un temps une prison !

Le père de Juliette déchargea vite les bagages et, pour ne pas encombrer la rue et céder la place à d'autres voitures venant pour les mêmes raisons, il alla attacher la monture à un des nombreux anneaux de fer scellés autour d'une placette située un peu plus haut. La jument s'y trouva en compagnie de bien d'autres.

Revenu, il emmena les filles vers le bureau des entrées tout en faisant suivre les bagages. Les arrivantes furent dévisagées par celles qui étaient déjà là, à la recherche d'une connaissance et bientôt se formaient des petits groupes.

Une fois inscrites au bureau et les adieux faits à leur cocher, une employée les aida à monter leurs bagages jusqu'au dortoir où leur armoire et lit respectifs leur furent désignés. À leur grande joie, elles seraient côte à côte.

« Rangez vos affaires à votre aise, leur fut-il dit, et, au coup de cloche, tout le monde en bas, le réfectoire étant en bordure de la cour. »

Il y avait un dortoir distinct pour les première et seconde années.

Les nouvelles élèves circulaient presque timidement dans les couloirs tandis que les anciennes se rassemblaient, et leur sujet de conversation, à n'en pas douter, ne pouvait être que leurs vacances terminées.

Nos deux amies s'habituèrent très vite aux heures de classe et à toutes les prescriptions relatives au règlement de l'établissement ainsi qu'aux sorties du jeudi. Chaque samedi soir, le papa de Juliette était là pour les emmener passer le dimanche à Lafreyde et il les ramenait au soir, avec sa voiture attelée. Elles virent l'hiver sous un autre jour et n'eurent pas à parcourir la route enneigée pour se rendre à l'école avec cette burle qui cinglait le visage. Les vacances de Noël permirent leurs jeux d'hiver.

De même pour les vacances d'été ; il y eut le gardage des vaches au pré, les fenaisons, les moissons. Elles n'eurent pas droit à l'aubade de la nuit du 1er mai ni au mois de Marie… Mais le dimanche, pour la messe, tout le monde se retrouvait, les garçons se rapprochant de plus en plus de ces demoiselles qui voulaient devenir des savantes !

Et on se rappelait des souvenirs de l'école des Quatre-Chemins et l'on racontait sa nouvelle vie d'internat. On ne jouait plus aux « escoundudes », on ne se poursuivait pas à travers cours et chemins. C'était l'adolescence. On était grands.

Première et deuxième année de cours complémentaire se passèrent très bien pour nos deux amies. Elles en revinrent titrées du brevet élémentaire, et les vacances d'été allaient se passer comme de coutume. Juliette allait se présenter au concours de l'École normale tandis que Rose, indécise, resterait peut-être paysanne ! En attendant, les travaux d'été étaient là et chacun allait s'y employer de son mieux.

« Je suis en retard pour rentrer les bêtes, pépé ! dit Rose.

– Avec les chauds après-midi de cette saison, on se sent si bien dans l'air frais qui vous arrive vers le soir qu'on se plairait à coucher dehors et le bétail s'y plairait encore mieux que nous ; le peu de motte sèche qu'il leur reste à brouter leur semble soudain plus doux au toucher, plus tendre pour leurs dents. Et puis tu devais être avec quelque voisine à bavarder comme savent faire les vachères, et là, elles ne voient plus le temps passer... Le soleil, lui, réglé comme une montre, poursuit son chemin et s'en va visiter d'autres pays.

– Tu as presque raison, pépé, mais je croyais que c'était au contraire les montres qui se réglaient sur l'heure du soleil ! De toute façon, c'est bien à cause du soleil que j'ai quitté le pâturage en retard.

Je ne bavardais pas, j'étais seule, bien seule, et c'est ainsi que, dominant le paysage, on se le figure tout à soi, il vous appartient jusqu'aux confins de l'horizon, et cet horizon habituellement incertain, flou, mal défini, s'était éclairé avec le soleil couchant. J'y découvrais des villages, des fermes isolées que je n'avais jamais aperçus.

Mémé Justine m'avait dit que je pourrais voir de beaux couchers de soleil, mais je ne pouvais m'imaginer ce que c'est !

Au Puy, au coucher du soleil, une ombre arrive sur un quartier, puis avance sur le reste de la ville ; on devine plus qu'on ne voit les coteaux du levant encore ensoleillés, pas pour longtemps, puis vient doucement la nuit. Cette nuit qui arrive encore plus vite dans les murs du couvent qu'ailleurs.

J'étais au pré d'En Haut, je pouvais voir au loin, au loin, peut-être jusqu'à l'Émeral, l'Orsier, dont tu m'as parlé.

Le soleil faisait le beau, il est sûr qu'il voulait se faire admirer. Ses rayons devenaient de moins en moins aveuglants, il devenait rose doré, il grossissait, changeait encore de rose, un rose rougissant, il y avait de l'ocre, il grossissait encore, il me semble qu'il était plus gros que la grosse lune quand elle sourit, puis il devenait rouge incandescent, j'y ai vu le rouge de la forge du maréchal quand tu m'as conduite chez lui pour le ferrage de Bichette. »

Mais voilà qu'il va rencontrer de gros nuages noirs qui vont lui barrer la route, peut-être le faire ralentir, car il semble de plus en plus pressé d'aller se reposer. Les nuages isolés ne sont rien pour lui, sa lumière fuse à travers eux, il passe au-dessus d'eux, il continue sa descente, car on voit bien maintenant qu'il descend vers le suc d'Eyme.

Ce suc lui a d'abord enlevé une bonne bouchée de sa rondeur, et c'est alors qu'il m'a donné l'impression de ne plus pouvoir se retenir, il s'est laissé tomber, là-bas derrière comme dans un grand trou.

Il éclaire là-haut dans le ciel de fins nuages comme des rideaux de mousseline qui vont peut-être s'étendre sur sa couche, mais qui finissent par ne plus avoir de consistance et se fondent avec le reste du ciel encore lumineux, mais c'est la nuit qui les enveloppe doucement.

Rose dit alors :

« C'était magnifique. Je suis bête, pépé, mais ce soleil m'a laissé l'impression de tomber, et s'il ne revenait pas ? Et s'il ne pouvait remonter de l'autre côté de la Terre ?

– Mais pourquoi il ne reviendrait pas ? s'écria mémé, tu as de ces idées. Ça toujours été comme ça, et cela le sera toujours !

– Et si dans quelque pays qu'il va visiter maintenant on arrivait à lui tendre un piège pour le garder rien que pour soi ? plaisanta Rose.

– Mais quo's pas poussiéble ! Tout ça c'est hors de l'homme. Explique-lui ça, Antoine, avec ton certificat, s'écria mémé.

– Mais elle a mieux que moi, elle a son brevet ! Elle est plus forte que moi pour penser à des choses que j'ai prises comme elles sont, sans chercher plus loin !

Moi, je pense qu'il se lèvera encore demain, mais pas pour tout le monde, hélas !

– Pourquoi Antoine ?

– Laissons ça de côté, mais d'ici demain combien de gens seront morts ?

– Oui, bien sûr, mais moi je voulais parler de cette mécanique du soleil, qui tourne autour de nous, mais non, c'est nous qui tournons autour du soleil, m'avait expliqué la Laïque. Alors, tu te sens tourner Antoine ? Tu te sens tourner Rose ? Mais vous attraperiez le tournis !

Et puis, à toujours tourner, qu'on soit Terre ou autre chose, on se fatigue, la mécanique s'use. Quand tu faisais tourner ta "trompe[1]" avec une ficelle, Antoine, elle tournait vite au départ, mais ça n'allait pas bien loin ! J'ai le temps d'y penser à tout ça moi en tricotant.

– Oui ! Oui ! mais arrêtez un peu de penser à toutes ces choses, vous me mettez la tête comme une cougourle ! l'interrompt Pépé. Toute cette mécanique a été mise en route quand ? comment ? par qui ? par quoi ? Personne le sait. Arrêtons-nous là et dis-nous vite, la mère, la prière et tu y ajoutes que le jour se lève encore longtemps, pour nous trois, pour que nous puissions voir Rose s'établir et heureuse.

Quant au lever du soleil, je t'y conduirai le voir un de ces jours, Rose. Là, il faut passer de l'autre côté du suc du Fau et se lever de bonne heure. Si on arrive assez tôt, on voit même l'étoile du berger se coucher. »

Un soir, Pépé Antoine annonça :

« Je crois bien que nous aurons une naissance à l'étable cette nuit. Il faudra que je veille.

– Une naissance, pépé ?

– Oui, la Blonde est à terme depuis quelques jours, mais là, ça y est, c'est pour cette nuit. Elle fait déjà des efforts et reste couchée.

---

1. Trompe : toupie.

– Je pourrai voir, pépé ?

– Mais, bien sûr, la petite paysanne qui a son brevet élémentaire ! »

Tous deux attendirent l'événement assis sur des « selles[1] » de l'étable. Pépé expliquait à Rose :

« En attendant notre bébé veau, je vais lui préparer une bonne litière de paille dans le "castou[2]" qui sera sa demeure après chaque tétée et j'en mets aussi autour de la maman pour le recevoir en douceur alors qu'il va voir le jour.

Regarde, la Blonde fait des efforts pour se débarrasser, si je puis dire, de ce poids qu'elle porte en elle depuis neuf mois. Comme fait la maman du bébé enfant.

Ça y est, j'aperçois le bout des pieds et du museau. Je vais l'aider un peu en tirant sur les pieds tout en écartant un peu la matrice. Ça vient, ça vient sans trop de peine.

La tête passée, tout le corps suivit aisément, et plouf sur la paille. Le cordon ombilical par lequel la maman l'a nourri est coupé, c'est une "vedèle[3]". Eh bien, je l'élèverai pour remplacer la Blonde.

Regarde-la faire : de sa langue, elle lui nettoie d'abord les narines pour qu'elle puisse bien respirer, la bouche, les yeux pour qu'elle s'habitue à la

---

1. *Selles : sièges à trois pieds.*
2. *Castou : loge.*
3. *Vedèle : veau femelle.*

lumière, puis tout le museau et revient souvent sur les narines, car elle sait que c'est par là qu'elle va tirer une bonne part de sa nouvelle vie.

Le veau ne peut pas encore se traîner de lui-même pour découvrir le pis de sa mère et, pourtant, il sent, je ne puis dire il sait, que là est désormais sa nourriture, sa vie, alors ? Alors, il va se mettre debout.

– Déjà ? s'étonne Rose.

– Oui, il va bientôt le tenter, et tandis qu'il l'essaie, la maman reste couchée pour que son corps lui serve d'appui pour amortir le choc au cas où il tomberait.

Effectivement, le nouveau-né fait des efforts pour se mettre d'abord à genoux. Il chute, essaie encore et il n'en démord pas. Ce n'est qu'une fois qu'il aura à peu près trouvé son équilibre que la Blonde va se mettre debout et, là, de son museau, il parcourt le ventre de sa mère pour trouver de lui-même les tétines où il va se régaler.

Pour d'autres animaux il en va différemment, mais il ne faut pas que quelqu'un ou un autre animal s'approche de leur progéniture sinon la maman jouerait des cornes ou des griffes. Essaie de t'approcher d'une portée de la chatte ou d'une chienne qui pourtant te connaît bien et tu verras son attitude. Ne crois pas de dérober un chaton, la chatte ira cacher sa nichée ailleurs…

Regarde comme notre nouveau-né se régale !

– Bonne nuit, pépé.

– Bonne nuit, et en passant dis à mémé que nous avons une “vedèle” »

Rose ne vit même pas si mémé dormait ou non, elle gagna au plus vite sa chambre pour y pleurer son saoul.

Elle, enfant rejetée, abandonnée par sa mère devant la porte d'un couvent ! Cette femme avait-elle le droit au titre de mère ? Mais quelle femme peut faire cela ? Elle est moins qu'un animal, c'est une méchante personne habitée par le démon !

Perchée sur Bichette, Rose ramène les vaches du pré quand, approchant de la maison, elle perçoit quelque chose d'inhabituel : des voisins sont dans la cuisine et, à son approche, Euphrasie, la maman de Juliette, vient à elle et lui pose la question rituelle :

« As-tu eu beau temps ?

– Mais oui, il n'y a plus de récolte à surveiller, j'avais emporté un livre et j'ai pu lire tranquillement.

– Je vais t'aider à attacher tes vaches ; tiens, la Noire, tu mets la chaîne à quel anneau ? Le deuxième, je pense.

– Oui, le deuxième, sinon elle arrive à passer sa tête et elle se libère, oh, pas pour aller bien loin, mais tout à coup on la voit se promener dans l'étable ! Mais pourquoi cette aide ? »

Coquet est inquiet, il renifle.

« Mémé Justine a été un peu fatiguée dans l'après-midi. Sa fenêtre étant ouverte, Fanchon, qui passait par-là, lui a crié son bonjour : "Qu'est-ce que vous faites Justine ?" Pas de réponse. Elle s'approche alors de la fenêtre et Mémé semblait dormir dans son fauteuil. »

Rose court à la cuisine, les voisines, assemblées s'écartent : Mémé est sur son lit, les yeux fermés. Elle l'embrasse, et c'est un visage glacé !

« Mémé ! Mémé ! C'est pas vrai ! réponds-moi ! »

C'était bien vrai. Rose tombe à genoux devant le lit, pleure à gros sanglots, puis semble tout à coup être à demi consciente. Elle est transportée dans le fauteuil de la morte. La tête sur les genoux, elle pleure, pleure, puis se met à crier : « Pépé, pépé ? Où es-tu ? »

Pépé, était là tout près, les yeux mouillés de larmes et sans parole. Il lui met la main sur une épaule et la serre fort. Elle essaie de se mettre debout pour le tirer à elle et l'embrasser.

« C'est pas vrai ! C'est pas vrai, mon Pépé !

– Viens chez moi, Rosette, dit l'Euphrasie, lui donnant le bras. Avec une autre voisine, elles l'emmenèrent toute hébétée.

– C'est pas vrai ! C'est pas vrai ! ne cesse-t-elle de répéter.

– Ce soir, tu coucheras chez nous, Juliette te prêtera son lit. »

Elles la mettent dans le fauteuil qui dans chaque ferme était le refuge de ceux qui ne pouvaient plus faire grand-chose.

Juliette vient à ses côtés, ne sachant que lui dire ; elle lui prend les mains, des mains qui lui disent toute son amitié et s'assoit près d'elle.

Elles restent là longtemps, longtemps, silencieuses et la nuit vient.

« Tu vas manger avec nous, Rose, ne serait-ce que le potage, puis tu prendras la chambre de Juliette.

– Et mon pépé, mon pépé !

– Sois sans inquiétude, tout le village est là pour vous aider. Il aura à manger, et jour et nuit nous nous relaierons pour lui tenir compagnie. »

Rose a pris trois cuillerées de potage et la maman de Juliette l'accompagne jusqu'à la chambre de sa fille.

« Sois tranquille, lui dit-elle en la quittant, repose-toi bien, tout le village, je te le répète, est avec vous. »

Le sommeil ne venait pas. Au matin, elle somnola un peu et descendit de la chambre alors qu'allait sonner midi et elle demanda à aller voir sa mémé Justine.

« Nous irons un peu plus tard, avec Juliette, lorsqu'elle sera revenue du pré. »

Et elles virent cette morte à la figure de cire, et que Rose voulut encore embrasser, mais cette fois-ci sans lui poser de questions. Elle ne pouvait que pleurer, réalisant bien ce qu'était la mort. Les voisines l'avaient habillée de sa tenue des dimanches avec sa belle coiffe du Velay. Elle allait partir toute belle pour ce long voyage dans l'au-delà que rien ne laissait prévoir.

Sur la table de nuit, près de la morte, était posé un verre d'eau bénite, dans lequel trempait une branchette de buis. Des personnes inconnues de Rose venaient l'embrasser, puis, prenant le buis, dessinaient une croix sur mémé Justine et murmuraient une prière.

Rose embrassa pépé, sans effusion cette fois-ci, puis lui tint longtemps la main.

Rose recoucha encore chez Juliette et, le lendemain, mémé Justine, disparue dans la « caisse des morts », attendait qu'on la transportât et la mette en terre dans ce cimetière où s'inscrivait toute l'histoire de la paroisse.

Pour l'enterrement, Rose, aux bras de Juliette et de sa maman, suivit tristement le corbillard. Elle paraissait être hors du monde, se laissant emmener sans réaliser ce qu'était vraiment cette cérémonie, mais, au cimetière, tandis que « l'encreusàire[1] »

---

1. *Encreusàire : fossoyeur.*

jetait les premières pelletées de terre sur la caisse, elle se précipita sur lui, lui enlevant la pelle des mains et criant : « Pas encore ! pas encore ! »

On la retira des lieux et elle rejoignit Lafreyde sur la carriole que le papa de Juliette avait fait suivre.

Pépé Antoine était lui aussi tout perdu, il ne savait que faire dans cette maison vide, pour lui, vide de toute vie. Il en avait oublié son bétail mais les voisins avaient veillé à tout cela. Un village, en ce temps-là, n'était qu'une grande famille occupant diverses maisons.

La béate, qui avait organisé tout ce qui concernait les obsèques, aidée de quelques voisines, nettoya à fond la cuisine, changea les draps du lit où pépé Antoine allait dorénavant se trouver bien seul. Elle prépara même pour Rose une chambre bien rangée, agréable, où apparemment rien ne lui rappellerait le drame.

Pépé Antoine et Rose furent invités au repas de midi chez Juliette, où l'on essaya de parler avenir. Il fallait bien s'y résoudre. Puis Rose et pépé Antoine regagnèrent leur foyer au fauteuil vide, vide d'un être aimé.

Pépé ne savait que dire. Rose, s'armant de courage, annonça :

« J'irai garder les vaches, pépé, et je ferai la soupe en rentrant.

– Merci, petite. »

Une nouvelle vie tenta de s'installer. Ce fut Rose qui remplaça mémé pour la prière du soir : « Prions pour les malades, les morts, les mourants, les orphelins, les voyageurs... » et il fut ajouté comme de coutume : « Merci mon Dieu de nous avoir donné Rosette. »

Rose gagna sa chambrette, bien nette, bien rangée, son cartable bien en place et un livre de prières sur la table de nuit. Le sommeil réparateur dont avait tant besoin la jeune fille, qui se voyait orpheline pour la deuxième fois, arriva enfin, aidé par le bruissement du grand sapin que caressait le vent.

Le jour était bien levé quand elle se réveilla et descendit vite de sa chambre pour aller préparer le café de pépé Antoine.

Pépé l'avait devancée, l'entendant descendre l'escalier, il lui cria depuis l'étable :

« Le café est fait, prépare-toi un bol à ton idée.

– Bonjour, pépé !

– Bonjour, ma fille.

– Je préparerai ton midi, je te ferai une bonne omelette, je sais la faire, et puis du fromage, et puis...

– Très bien, très bien.

– Mais l'horloge est arrêtée !

– Oui, elle est arrêtée, viens que je t'explique. C'est la coutume, quand quelqu'un meurt dans la maison, on arrête l'horloge au moment où est survenue la mort. Pour le défunt, le temps n'existe plus et cela rappelle aux vivants que le temps ne leur appartient pas, qu'ils n'ont pas à en perdre pour réaliser ce qu'ils projettent. C'est la marque que la maison est en deuil. Après l'office des six semaines, nous la remettrons en route. »

Pour tous deux, il fallait organiser une nouvelle vie à laquelle nul n'avait jusque-là vraiment pensé.

Euphrasie comprenait la situation et bien souvent se trouvait là dans la matinée et, mine de rien, voulait initier Rose à ses nouvelles responsabilités, car les deux années qu'elle avait passées en cours complémentaire étaient, pour les filles qui doivent vivre à la campagne, les années où elles se forment à devenir ménagères. Il faut apprendre à cuisiner, à s'occuper du linge, lavage et « petassage[1] », s'occuper du laitage pour avoir du beurre et du fromage. Que de choses, que de choses ignorées de Rose !

Toutes les femmes du village pensèrent vite que la situation du pépé Antoine, vivant avec une fille de seize ans, était malsaine.

Les enfants de l'assistance sont suivis par des responsables et les nouvelles vont vite, surtout les mauvaises !

Dans les jours qui suivirent le décès de mémé Justine, une femme accompagnée d'un cocher se présenta à la maison tandis que Rose était au pré.

---

1. Petassage : ravaudage.

« Bonjour, monsieur Souvignet, nous avons appris le décès de votre dame. Le règlement nous interdit de laisser une de nos jeunes filles seule avec un homme. Nous allons reprendre Rose.

– Rose ? Notre Rosette ? Le brave homme restait tout interloqué. Il ne savait que répondre ; il avait lui-même pensé à cette situation mais ne réalisait pas que Rose, qui avait fait le bonheur de sa femme et de lui-même, les sortant de leur solitude de ménage sans enfant, leur soit si brutalement enlevée ! Quel choc !

– Préparez-la pour après-demain matin, nous viendrons la chercher en voiture. Dites-lui bien que ce n'est pas pour rejoindre l'orphelinat. Une dame l'attend, sa mère naturelle, qui a fait toutes les longues démarches nécessaires pour qu'on lui reconnaisse son droit. Rose sera heureuse et rendra une mère heureuse. »

Remis de son émotion, pépé Antoine courut chez Euphrasie pour la mettre au courant. Il lui demanda d'expliquer les choses à Rose, lui ne se sentant pas le courage de le faire.

« Vous referez votre vie Antoine, dit Euphrasie, les veuves ne manquent pas et pour la petite, quel bonheur de rejoindre sa mère, sa vraie maman. La petite reviendra vous voir, soyez-en sûr. Laissons-la dormir tranquille pour cette nuit. Je lui annoncerai la chose demain, je ne sais trop comment m'y prendre. Peut-être sera-t-elle heureuse d'avoir dorénavant deux foyers, le vôtre bien sûr toujours à sa disposition et celui de sa vraie mère… »

L'entrevue eut lieu, mais pas comme l'aurait souhaité Euphrasie !

« Quitter pépé Antoine ! Jamais, hurla Rose. Je n'ai jamais eu de maman, une femme possédée du démon m'a jetée comme un paquet qui l'embarrassait devant la porte de l'orphelinat. Je suis une fille recueillie par les sœurs de la Providence et enfin accueillie chez une vraie mémé, chez un vrai pépé. C'est là mon chez-moi et on ne m'en sortira pas. Je me cacherai, j'irai dans les bois, n'importe où mais pas à l'orphelinat ! Pépé et Coquet me défendront !

– Mais tu n'iras pas à l'orphelinat, mais chez ta maman !

– Pépé ! Pépé ! C'est vrai ce que vient de me dire la maman de Juliette ? Réponds-moi. »

Pépé avait perdu la voix, il ne put que pleurer.

« Alors, c'est que c'est vrai ! conclut tristement Rose.

– Oui, ma petite, ta vraie maman veut te reprendre avec elle, je ne t'oublierai pas, tu viendras me voir de temps en temps.

– Ah ça, non, tu me défendras, pépé, on ne m'emmènera pas, je n'ai pas eu de maman c'est une tromperie !

– Si tu n'allais pas avec les dames qui viennent te chercher, ce sont les gendarmes qui t'emmèneraient.

Je n'ai pas le droit de te garder », tentait de la raisonner pépé.

L'un et l'autre passèrent une nuit sans sommeil, et l'horloge ne sonnant pas, les yeux rougis, Rose descendit de sa chambre plus tôt que d'habitude. Pépé était occupé à l'étable.

« Bonjour, pépé, je te prépare ton café.

– Oui, ma fille, je vais venir. »

Il vint, mais que se dire ? Pépé ne pouvait rester là, près de sa Rosette éplorée, il monta s'occuper à la grange.

« Nous sommes invités à manger chez Juliette, ne te tracasse pas pour le repas. »

Juliette et sa maman vinrent dans la matinée inviter Rose et Pépé à manger chez elles, et pour préparer ce départ, cette séparation en douceur.

« Tu te souviens quand il a fallu quitter pépé et mémé pour rejoindre le collège de Saint-Léonard ? Nous allons faire de même. Habille-toi comme pour un dimanche et nous mettrons le reste dans ta valise, dit Juliette.

– Vous aussi, vous ne voulez plus de moi ! Juliette ! Juliette ! »

Elles se jetèrent dans les bras l'une de l'autre et pleurèrent à chaudes larmes.

« Tu reviendras sans doute aux grandes vacances ; entre-temps, nous nous écrirons et tu seras heureuse chez ta vraie maman.

– Je n'ai pas de maman, je n'ai jamais eu de maman. Ah ! je revois ma Blonde quand elle a eu son petit veau : avec quel soin elle le léchait, l'embrassait, le nettoyait ! Moi, on m'a jetée dans un coin, pour se débarrasser de moi !

– Ne pense pas ça, dit Euphrasie, tu ne sais pas dans quelles conditions tu as été confiée à la Providence. C'était certainement dramatique pour ta mère. Sans doute elle t'a pleurée longtemps avant de pouvoir te reprendre.

– Quand on est une maman, on n'a aucune raison d'agir ainsi », trancha Rose.

Sans en avoir conscience, elle avait enfilé les vêtements du dimanche que lui tendait Juliette.

X

Révélations

L'APRÈS-MIDI DU JOUR FATIDIQUE, tout le village était au courant du drame de Rose et tout le monde était à l'affût de la voiture qui viendrait la prendre.

Rose, épuisée, restait somnolente dans le fauteuil de mémé Justine. Juliette et sa maman se tenaient près d'elle. Pépé Antoine marchait d'un coin à l'autre de l'étable sans but, la tête lourde.

Une voiture noire cellulaire, sans doute celle même qui avait emmené Ginette, la fille pas sage, au Bon Pasteur, traversa le village pour s'arrêter devant la maison d'Antoine. Il en descendit deux dames vêtues de noir.

Tout le village fut bientôt là. Coquet aboya et montra les dents aux intruses qui s'approchaient. Euphrasie le calma et Juliette ouvrit la porte, car personne ne répondit aux coups frappés sur la vitre. Rose, tête entre ses mains sur ses genoux, et pépé Antoine, assis à côté d'elle, ne se dérangèrent pas.

Euphrasie monta chercher la valise dans la chambre tandis que les dames, s'approchant de Rose, lui dirent gentiment.

« On t'a déjà expliqué Rose, ta maman veut te reprendre, nous venons te chercher.

– Me chercher ! Ah non ! Vous ne m'emmènerez pas ! » cria Rose.

Les dames en noir lui prirent les mains, mais Rose se débattait :

« Coquet ! Coquet ! Au secours ! Pépé, pépé ! défends-moi ! »

Coquet ne bougea pas, Pépé mit la main sur une épaule de la fillette

« Va, ma petite... »

Rosette retomba à demi consciente dans le fauteuil et, comme une vieille sans réaction, se laissa emmener.

Tout le village voulut l'embrasser, lui souhaiter une prochaine visite, mais elle ne vit personne, elle n'entendit rien de ce qu'on lui disait.

« Et fouette cocher ! adieu Lafreyde ! »

Secouée sur ces vieilles routes empierrées, serrée entre ses deux cerbères, exténuée par une nuit sans sommeil et des pleurs intarissables, Rose semblait s'être assoupie au cours de ce pénible trajet dans sa voiture-prison.

La voiture s'arrêta finalement devant la porte de l'orphelinat exécré. Elle n'eut même pas la force de crier « Non ! non ! pas ça ! »

Les accompagnatrices l'emmenèrent dans le salon parloir où l'attendait une femme encore jeune et élégamment vêtue, qui se jeta sur Rose. Elle l'embrassait, la caressait éperdument :

« Rose ! Rose ! Enfin, tu es à moi ! tu es là ! Embrasse-moi, Rose, je suis ta mère, ta maman qui te manquait. »

Rose ne bougea pas ; elle restait là, debout, sans réaction.

« Mais embrasse-moi, Rose, ma Rosette à moi ! Toi que j'attends depuis si longtemps ! »

Rose n'avait aucune envie d'embrasser cette personne qui osait lui dire qu'elle était sa maman.

Honteuse de cette rencontre qu'elle avait espérée tout autre, la femme remercia la mère supérieure venue là pour assister, pensait-elle, aux retrouvailles heureuses d'êtres se cherchant depuis de longues années et se trouvant enfin.

La femme entraîna Rose vers la voiture noire qu'elle avait retenue pour les emmener vers l'hôtel Terminus face à la gare.

« Viens Rosette, je t'avais confiée aux religieuses en attendant que je puisse te reprendre, je t'expliquerai tout ça.

– Confiée ? Jetée devant la porte dans l'anonymat comme on se débarrasse d'un paquet encombrant ! se rebiffa Rose.

– Non, Rose, nous allons manger, nous reposer et alors je t'expliquerai et tu comprendras. »

Rose consentit à manger, car, depuis la mort de mémé Justine, elle n'avait pratiquement pas fait de vrai repas.

Et la femme demanda :

« Tu te souviens, Rose, d'une aveugle qui se tenait devant l'église comme une mendiante ? Cette fausse aveugle te cherchait, voulait te découvrir parmi les orphelines. Tu te souviens du jour où tu lui as offert une rose en cachette ? Tu as dû remarquer mon sourire à la sortie de l'église. Là, je t'ai reconnue et mon espoir de te reprendre est devenu de plus en plus fort.

– Non, trancha Rose, pour moi l'aveugle était une vraie aveugle, malheureuse, car elle ne pouvait voir ses enfants, et qui demandait la charité pour les nourrir.

– C'était bien moi, protesta la mère de Rose, tu n'étais pas abandonnée de moi, mais alors je ne pouvais te reprendre, te délivrer de cette situation où je te sentais malheureuse.

Je t'expliquerai tout ça et je veux que tu connaisses maintenant une vie de bonheur qui compensera toute cette enfance de souffrance. Tu verras Paris, tu verras la mer, tu auras une gouvernante pour s'occuper uniquement de toi, pour te donner la vie heureuse que j'espérais pour toi depuis longtemps.

Nous allons monter dans ma chambre où je suis là depuis hier, tu vas t'y reposer, oublier ton passé, car pour toi va débuter une vie nouvelle à laquelle tu ne pouvais penser être destinée, le destin prenant souvent bien des détours. »

Pour ne pas avoir à soutenir la conversation, Rose ferma les yeux, essayant de comprendre, de réaliser. Cette nouvelle situation était loin de lui plaire ! Elle se moquait bien de Paris ! Ce qu'elle aimait, c'était une vie tranquille, celle qu'elle avait trouvée, vécue parmi les champs, les prés, la simplicité de vie des gens de Lafreyde. Une gouvernante ! Mon Dieu, elle serait encore sous surveillance ! Conduite sous les directives d'une mère qu'elle ne pouvait appeler « maman ».

Sur le soir, « Réveille-toi, Rosette, entendit-elle, nous allons prendre un repas puis le train de nuit pour Paris, nous aurons un wagon-couchette à partir de Saint-Étienne ».

Train de nuit ! Wagon-couchette ! Du train, Rose ne connaissait que le sifflet. Alors qu'elle était au Puy, sans le voir, on disait : « Entends le train qui passe. » Puis un autre sifflet, moins sonore, lui révéla qu'un train différent passait à Saint-Gal. Ici, on disait : « Entends la Galoche qui passe. » Il s'agissait d'un petit train départemental qui desservait la montagne du Vivarais.

Rose fit donc connaissance avec un vrai train. Elle se tassa dans un coin, contre la vitre, fermant les yeux pour ne rien voir et surtout ne pas parler, laissant sa mère converser pour elle-même.

Dans le premier train, dont les arrêts furent nombreux, elles étaient assises sur une dure banquette de bois et le trajet fut pénible. En gare de Saint-Étienne, elles montèrent dans un train beaucoup plus confortable et Rose s'installa aussitôt dans la couchette qui lui était réservée. Elle ferma les yeux, le roulement et le bruit monotones l'aidèrent à s'endormir.

Elle ne se réveilla qu'à Paris. Gare de Lyon, Rose suivait sa mère, impassible, corps et esprit prisonniers d'une puissance irrésistible qui la conduisait vers un monde inconnu.

Une foule dense grouillait autour d'elle, les gens semblaient courir.

« Attention aux pickpockets ! » alertait un employé dans son porte-voix.

Un taxi les avait conduites jusqu'à une belle villa entourée d'un jardin fleuri. Devant la grille, la femme tentait d'intéresser Rose à cette nouvelle demeure :

« Regarde, ma chérie, c'est chez moi, et c'est aussi chez toi maintenant. Ici, tu vas trouver le bonheur qui te manquait. »

Elle tira la chaîne d'une sonnette et une jeune femme accourut leur ouvrir, elle semblait n'avoir guère plus de vingt ans.

« Julie, voici ma petite Rose. Rose, je te présente Julie qui va s'occuper de toi. Julie, montrez-lui sa chambre. »

Après un long couloir bordé de salles et salons, elles montèrent à l'étage.

« Voici votre chambre, mademoiselle, je vais vous préparer un bain et, sitôt prêt, je viendrai vous chercher. Mettez-vous à l'aise », dit Julie.

Rose se laissa aller sur un fauteuil et ne répondit pas. Elle jeta un coup d'œil par la fenêtre. Un peu plus loin, les maisons étaient des immeubles importants, serrés les uns contre les autres, et sa nouvelle demeure était en haut d'un jardin légèrement pentu, avec des arbres, comme les propriétés voisines.

« Votre bain est prêt, mademoiselle, suivez-moi. » Julie la conduisit jusqu'à la salle de bains.

« Je viendrai vous essuyer et vous frictionner à l'eau de Cologne. Vous tirez sur ce cordon et je suis à vous tout de suite. Vous laisserez votre linge à terre et vous prendrez celui qui est sur la banquette. N'hésitez pas à tirer sur le cordon au moindre besoin. »

Et elle s'en fut.

Rose toucha l'eau, vraiment chaude à point, se déshabilla, mit une jambe dans l'eau qui lui parut subitement parfumée, puis les deux, s'y assit et finit par s'y allonger. Quelle sensation ! Il lui semblait qu'elle aurait même du plaisir à s'endormir là ! Elle ne bougeait plus. On frappa à la porte.

« N'avez-vous vraiment pas besoin de mes services, mademoiselle ? N'hésitez pas à tirer sur le cordon, insistait Julie.

– Non, merci », consentit à répondre Rose.

Elle était si bien ! Quel plaisir jamais encore éprouvé ! Elle pensa alors à se servir de cette savonnette toute neuve laissée là à sa disposition et qui sentait bon, et elle se mit à se savonner. Que c'était bon !

On frappa à nouveau à la porte qui s'ouvrit.

« Je viens vous essuyer, mademoiselle, l'eau a dû se refroidir. »

Voilà Rose toute décontenancée. Personne encore ne l'avait vue nue. Gênée, elle ne savait que cacher de sa personne avec ses mains.

« Enfilez ce peignoir ! »

Et Julie la tapotait, l'épongeant de son mieux sans frotter. Puis elle l'essuya encore avec une serviette et la frictionna à l'eau de Cologne.

Rose se sentait en forme, reposée et mit les dessous qu'on lui avait préparés.

« Votre petit déjeuner vous attend, revêtez cette robe de chambre, suivez-moi », dit Julie.

Rose la suivit jusqu'à un petit salon.

Deux couverts attendaient sur la table, avec tartines de beurre et confiture. Sa ravisseuse apparut presque aussitôt.

« Alors, ma petite Rosette, es-tu bien reposée ? dit sa mère, et elle l'embrassa tendrement, longuement, sans grande réaction de la part de Rose, qui finit tout de même par lui rendre un baiser.

Je t'expliquerai tout, ma fille, et tu ne m'en voudras plus, j'en suis sûre. Je t'avais simplement confiée, je te le répète, aux sœurs de la Providence pour te reprendre plus tard, dès que je pourrais ; ce plus tard a été sans doute plus long pour moi que pour toi.

– J'avais un vrai pépé, une vraie mémé, j'étais heureuse, l'interrompt Rose.

– Non, tu ne pouvais pas être heureuse comme tes camarades de ton âge, s'exclama sa mère.

– Si, car je savais très bien que je n'avais jamais eu de maman, insiste la jeune fille.

– Qu'est-ce que tu dis là ? Et moi donc ? Enfin, rappelle-toi de cette aveugle qui te cherchait, de cette maman à qui tu manquais.

– Une fausse aveugle, mais pas une maman ! Pas une vraie maman ! s'emporta Rose.

– Mais si, mais si, voyons, mais cela a été long à régulariser. C'est fait, tu es ma petite Rose Philippon, c'était mon nom de famille.

– Ah non ! Je suis la Rose trouvée, recueillie par une froide nuit d'hiver, au mois de mars. Ce nom de Rose Mars me plaît, j'ai été déclarée ainsi aux autorités, j'ai été baptisée ainsi, j'ai fait ainsi ma première communion et c'est sous ce nom que m'ont connue mes camarades de classe. Pour mon pépé, pour ma mémé, je ne puis être autre que Rose Mars et je veux le rester !

– Tu as seize ans, Rose. À cet âge, même sans avoir une grande expérience de la vie, on est à même de comprendre. Tu m'en veux de cet acte qui pour moi a été un drame et que j'ai toujours voulu réparer. Nous sommes maintenant réunies, je te dois toute la vérité, tu sauras que j'ai souffert, mais je te savais en vie, je savais que je te reprendrais un jour. Sans que tu le saches, j'allais te rendre visite. Je mentais à tout le monde. J'ai dit à la mère supérieure que j'avais perdu une petite fille, que j'aimerais pouvoir m'occuper d'une de ses filles du même âge, je lui demandais de me laisser aller voir jouer toutes ces petites filles dans la cour. Là, il y avait une Rose, ma petite Rose à moi, et je regagnais mon chez-moi en pleurant, pour y mentir, là aussi une fois de plus en attendant… »

Dans l'après-midi, Rose fut conduite chez le coiffeur.

« Tu as de beaux cheveux, lui dit sa mère, n'osant lui dire comme ceux de ton… père. La coiffeuse va te les arranger, te les épointer, te faire un lavage, ils brilleront alors, tu auras une tête adorable. »

Et elle pensait : ainsi je pourrai la présenter à mes amis.

Rose revint en effet avec une tête toute différente, des cheveux brillants, sentant bon, bien coupés. Tandis que la coiffeuse opérait, elle s'était vue dans la glace et se découvrait finalement jolie fille.

Sa mère l'embrassa, la complimenta. Rose retint sa joie, lui rendit son baiser sans plus d'effusion.

Le lendemain, une couturière vint prendre ses mesures pour lui confectionner une robe et un manteau léger. Habilement, elle orienta les choix de Rose vers les modèles et les étoffes qui pouvaient plaire à madame.

Une semaine passa à faire connaissance avec la maison, les habitudes, le personnel.

Nanou, une cuisinière âgée, faisait depuis longtemps partie de la maison, tandis que la gouvernante, Julie, n'avait été recrutée que récemment, à l'occasion de l'arrivée de Rose.

Mère et fille prenaient leurs repas en tête à tête. Jamais Rose ne fut questionnée sur sa vie de petite paysanne, madame préférait parler de son avenir.

« Les paysans qui t'employaient, dit madame, ont bien fait de te faire suivre le cours complémentaire. Ainsi tu n'auras pas grand retard sur les élèves de ton âge. »

Rose s'indigna :

« Les paysans qui m'employaient étaient mon pépé et ma mémé, ils m'ont accueillie, se privant eux-mêmes pour m'habiller correctement, comme les autres filles du village, faisant tout pour que nul ne sache que j'étais une petite fille trouvée, disant que j'étais fille d'une de leurs cousines en charge d'une famille nombreuse !

– Disons alors que je t'avais confiée à eux par l'intermédiaire des sœurs de la Providence. Tu y as été mise en nourrice. »

Rose, peinée, se fâcha et gagna au plus vite sa chambre pour y assouvir pleinement son chagrin.

Ce fut la gouvernante qui vint la chercher pour la collation de 4 heures, madame étant absente. Puis, très gentiment, elle lui dit :

« Nous allons faire connaissance avec le jardin. Vous verrez comme le jardinier en a soin. Il y a beaucoup de roses, pour moi c'est un plaisir que de les voir en boutons, à peine écloses, mais aussi quand elles s'ouvrent toutes grandes pour nous libérer leur parfum. Aimez-vous les roses, mademoiselle ?

– Bien sûr, d'autant plus que, vous le savez, Rose est mon prénom.

– Quel beau prénom, mademoiselle ! »

La gouvernante inspirait confiance. Avait-elle une dizaine d'années de plus qu'elle ? Non, elle n'avait que vingt-trois ans.

Au fond du jardin était une tonnelle où elles s'assirent. Une sympathie s'était bien vite établie entre elles. Rose avait besoin d'une compagnie, d'une amitié toute simple, telle qu'elle existait à Lafreyde !

« Un de ces jours, mademoiselle, nous irons voir le grand Paris : la tour Eiffel, l'Arc de triomphe, nous remonterons la Seine en bateau-mouche…

Vous verrez comme c'est beau, c'est grandiose ; pour les vacances d'été, madame votre mère m'a dit que nous irions dans une propriété qu'elle possède en Normandie.

– Des vacances en Normandie ! s'exclama Rose.

– Oui, près d'un village très agréable, mais que je ne connais pas. Je ne suis là que depuis deux mois pour me mettre au courant en attendant votre arrivée, l'informa Julie.

– Et que faisiez-vous auparavant ? demanda Rose.

– Après quelques études qui n'ont pu me faire prétendre à un emploi sérieux, j'étais à la charge de ma famille, des petits paysans bretons. À la recherche d'un emploi sur Paris, j'étais chez une sœur de ma mère qui tenait une petite boulangerie en banlieue ; là aussi, j'étais presque à sa charge, car elle n'avait nul besoin d'une vendeuse. On m'a fait part d'une demande de votre mère cherchant une gouvernante. Je me suis présentée et me voilà en place, à l'essai, pendant trois mois, dit Julie.

– À l'essai ? Qu'est-ce que cela signifie ? s'inquiéta Rose.

– Cela signifie que si madame n'est pas satisfaite de mes services, je n'ai qu'à retourner chez moi.

– Mon Dieu ! À l'essai ! Et que vous rapporte cet emploi ?

– Rien tant que trois mois ne sont pas passés, mais je suis logée et nourrie.

– Ce n'est pas possible ! Et la cuisinière est-elle comme vous ?

– La cuisinière fait partie de la maison. Elle a toujours été cuisinière de madame. Nous irons la voir, il faut bien que vous la connaissiez ! »

Et comme la cuisinière passait à distance, Julie l'appela :

« Bonjour, Nanou ! Voici mademoiselle qui veut vous connaître.

– Mes respects, mademoiselle, êtes-vous satisfaite de ma cuisine ?

– Mais oui, mais oui, vous savez très bien préparer.

– Si vous avez un plat préféré, vous me le dites, madame votre mère m'a recommandé de bien vous soigner, j'essaierai de vous satisfaire.

– Il y a longtemps que vous êtes au service de la maison ?

– Oh oui, il y a bien quinze ans ! J'y étais du temps de M. de Mauzun. »

À l'évocation de ce nom, il y eut un silence gêné que Rose rompit en demandant :

« Vous n'avez jamais songé à vous marier, Nanou ?

– Oh, il aurait fallu retourner au pays et perdre ma place !

– Vos repas sont très bons, merci Nanou. »

La couturière vint faire les essayages de la robe et du manteau, ainsi que d'un uniforme bleu sombre. À part un liseré blanc, il rappelait trop à Rose celui de l'orphelinat.

Tout serait prêt pour la fin de la semaine.

« Qu'est cet uniforme bleu orphelinat Julie ? demanda Rose.

– C'est l'uniforme de l'école où vous allez entrer. Les élèves le portent les jours de sortie. Elles ont une petite coiffure à liseré blanc qui leur va très bien, et elles en sont très fières… »

Un matin, madame prit sa fille dans ses bras et l'embrassa avec effusion, tandis que Rose ne lui rendit qu'un baiser.

« Je pense que tu te plais ici ; je te dois encore des explications, dit madame, poursuivant ainsi. Voici ma vie Rosette : j'étais femme de chambre chez des châtelains assez âgés. Ils avaient un fils qui lui non plus n'était pas très jeune. Il vivait à Paris, dans les “affaires”. Quand il venait au château, il cherchait à m'approcher, me complimentait sur ma jeunesse, ma prestance, et puis un jour, il me prit dans ses bras et m'emporta dans sa chambre. Là commencèrent nos amours. Alors, il vint de plus en plus souvent au château où nous passions nos nuits ensemble, tu es assez grande pour que je puisse te dire toutes ces choses.

Il arriva ce qui devait arriver : je fus enceinte. Je le cachais de mon mieux bien sûr, car si les parents avaient connu la chose j'étais aussitôt renvoyée chez moi, à la porte !

Louis voulait de moi et il me fut d'un grand secours.

L'accouchement eut lieu au château, en secret, et je n'eus d'autre recours que de te confier quelque temps aux sœurs de la Providence, pensant te reprendre sitôt que cela me serait possible.

Louis voulant me garder, m'emmena à Paris, prétextant pour ses parents qu'il avait absolument besoin d'une personne telle que moi pour être sa secrétaire.

À Paris, j'étais loin de toi, mais quand nous revenions au pays, je faisais tout pour savoir ce que tu devenais.

Les parents de Louis décédèrent. Il vendit le château et acheta cette belle villa, où tu te trouves aujourd'hui et qui te reviendra un jour.

Louis mourut accidentellement, je devenais son héritière, car nous nous étions mariés entre-temps et il était devenu gros actionnaire et administrateur dans une société financière c'est pourquoi je suis très occupée car il m'avait mis au courant de tout, j'étais vraiment une de ses secrétaires, et ma présence reste indispensable dans certaines assemblées.

Maintenant, je te promets de te faire oublier les années que tu as vécues à l'orphelinat et chez les paysans où tu as été placée. Voilà, embrasse-moi, ma chérie. »

Rose, toute pensive, l'embrassa sans chaleur.

« Tu vas connaître Paris et ses merveilles, tu seras élève dans une école prestigieuse où ta place est réservée, ajouta madame, à Sainte-Eugénie on forme les filles de la haute société.

– De la haute société ?

– Oui, des gens riches, car tu es riche, ma fille. Tu pourras te payer tout ce qui peut te faire plaisir et tu connaîtras la bourgeoisie parisienne.

– Merci, maman.

– Maman ! Maman ! Enfin, ce nom que j'attendais, que j'attends de toi et que tu ne peux dire à d'autre femme qu'à moi ! Elle la prit dans ses bras, ne la lâchait plus.

– Je suis enfin heureuse, heureuse, je te l'assure. »

XI

Trop longues années

SOUS LA CONDUITE DE JULIE, Rose visita Paris. Mais vint le jour où il fallut entrer dans cette prestigieuse école Sainte-Eugénie.

Ah, ce qu'elle fut pénible cette première semaine de pensionnat ! Rose ne participait pas pleinement aux cours.

Elle était surprise par la tenue recherchée des professeurs, leur façon de déclamer : Rose connut un certain isolement de tout et de tous.

En dehors des matières classiques, il y eut des cours de diction : comment bien s'exprimer, comment syllaber les mots, comment bien prononcer les voyelles : a… e… i… o… u… les unes les lèvres entrouvertes, les autres la bouche arrondie (en cul de poule, pensait Rosette). Il y eut des exercices de déclamation, des leçons de maintien à table et dans les conversations, sans oublier le comportement envers les domestiques : pour Rose, tout cela n'était que grimaces.

Non, Rose ne pouvait entrer dans ce monde. Pourrait-elle supporter longtemps tout cela ?

À la fin de ce trimestre qui lui parut interminable, l'appréciation générale des enseignants à la famille se résumait à ceci : « Rose est une élève qui ne participe pas vraiment et semble vivre dans un autre monde. »

Et elle n'avait aucune amie.

À Noël, la messe de minuit, avec ses chants et le grondement des orgues, fut un vrai concert pour la jeune fille. Et elle se souvint de son dernier Noël dans la petite église de Saint-Gal.

Au dessert de midi, madame lui fit une surprise :

« Voici pour toi un petit paquet. Il n'est plus temps de te dire que c'est un cadeau du Père Noël. »

Rose déplia le papier, il y avait là un écrin et dans l'écrin, un bracelet en or !

« Merci, merci, maman. Elle lui sauta au cou.

– Tout ce que je pourrai faire pour te rendre heureuse, chérie, je te le répète, sois assurée que je le ferai. Veux-tu que nous allions voir une pièce de théâtre cet après-midi ?

– Oui, maman, je n'en ai jamais vu. »

Il se jouait justement *La Veuve joyeuse.* Et Rose rit de bon cœur.

Pour le Premier de l'an, madame invita une famille amie qui avait un garçon et une fille à peu près du même âge que Rose. Ce n'était pas une famille trop guindée. Tandis que les adultes parlaient affaires et d'autres choses sérieuses, Rose et les jeunes gens discutèrent école et distractions. Ces jeunes invités passaient chaque année leurs vacances au bord de l'eau et connaissaient aussi bien les plages de l'Atlantique que de la Méditerranée. Leur plaisir était la mer, les bateaux.

Madame était inquiète, écoutait à la fois adultes et jeunes, se demandant si Rose n'allait pas tout à coup raconter qu'elle passait des vacances de petite paysanne à travailler dans les champs et révéler peut-être qu'elle fut recueillie par les sœurs de Saint-Vincent-de-Paul ?

Rose, sans aucune gêne, leur apprit que jusque-là elle avait passé ses vacances chez pépé Antoine et mémé Justine, dans un pays merveilleux, où copains et copines jouaient ensemble dans les prés, et que, si eux connaissaient la mer, elle connaissait la campagne et ses merveilles, dans un monde tranquille, où chantait l'alouette, où les hirondelles nichaient dans les étables et parcouraient le ciel. Et ses jeunes voisins, qui n'avaient jamais observé cela, l'écoutaient.

Avec la rentrée du deuxième trimestre, Rose dut rejoindre l'école Sainte-Eugénie et son internat, se soumettre à nouveau à la discipline, obéir à cette cloche qui réglait la vie des pensionnaires.

Les sorties du jeudi les conduisaient parfois vers les musées. Lors d'une visite au Louvre, elle se retrouva en face de *L'Angelus* de Millet. La scène lui rappela ces jours heureux, quand elle était aux champs avec pépé Antoine, et elle fut prise de malaise.

À la promenade suivante, Rose s'arrangea pour être en fin de groupe. Elle s'esquiva à la première occasion dans une petite rue tandis que les pensionnaires continuaient leur chemin. Quand on s'aperçut de son absence, Rose était déjà loin.

Où était-elle ? Elle ne savait pas, elle marchait, quittant une rue pour une autre, pour une avenue, une autre rue, au hasard, comme si elle cherchait à sortir de cette ville immense, à s'évader de cette ville, comme si elle cherchait un chemin de terre.

La collégienne en uniforme marcha longtemps. Épuisée, perdue, à la nuit tombée, elle était dans une rue étrange, aux gros numéros de lumière dans des lampions rouges qui signalaient des maisons d'où s'échappaient des musiques de danse, des airs d'accordéon. Des messieurs passaient lentement, seuls ou en bandes joyeuses, et certains se retournaient sur la jeune fille avec des regards brillants mais étonnés.

Des femmes semblaient attendre, dos au mur, ou marchant lentement. L'une d'elles sursauta au passage de la fugitive, la rejoignit et lui mit la main sur l'épaule, en s'exclamant :

« Rose ! Mais c'est toi, la petite Rose de la Providence ? Dis-moi ? »

Et Rose se retourna, la regardant à peine. Elle semblait très loin.

L'autre insista :

« Mais regarde-moi. Ginette, je suis ton amie Ginette. »

Rose la fixait, stupéfaite, il lui semblait bien reconnaître en effet le visage de Ginette sous ce lourd maquillage. Mais une Ginette court vêtue, aux épaules couvertes d'un manteau de fourrure, et vieillie.

Elle murmura tout de même en un souffle :

« Oui, je suis Rose… »

Ginette dit quelques mots à une autre femme qui se trouvait près d'elle, entraîna Rose par le bras.

« Viens, suis-moi, il ne faut pas rester ici, c'est un endroit dangereux pour les jeunes filles comme toi. »

Elle avisa un taxi qui venait de déverser sa cargaison de fêtards, poussa Rose à l'arrière et s'assit à côté d'elle, la serrant contre elle.

« Roulez, ordonna-t-elle au chauffeur qui semblait bien la connaître, et, à l'oreille de Rose, elle murmura : raconte-moi. »

Retrouvant peu à peu ses esprits, en quelques mots, Rose parla de sa mère retrouvée, du pensionnat où elle ne voulait pas retourner.

« Où habites-tu ?

– Au Chesnay, dans une villa, ma mère s'appelle de Mauzun.

– Chauffeur ! Le Chesnay. Le nom de ta rue ?

– Je ne sais pas. Sitôt arrivée, j'ai été mise au collège et je ne sors qu'accompagnée de ma gouvernante. Je me laisse conduire. »

À son tour, elle voulut évoquer toutes ces années passées depuis leur séparation, mais parla beaucoup plus de l'impitoyable discipline et des travaux de couture au Bon Pasteur, jusqu'à sa majorité, que de ses activités présentes. Elle se contenta de dire :

« Ce métier que je fais, je ne l'ai pas voulu. Je voulais simplement être libre, je croyais qu'il suffisait de venir ici pour l'être. Ne fais pas comme moi, n'écoute pas ceux qui te complimentent, disent vouloir t'aider, te promettent des merveilles. Ça se paie cher, très cher. Je suis toujours comme prisonnière, comme je l'étais avant. Tu comprends, Rose ? Ma petite Rose ? Ou plutôt tu ne comprends peut-être pas. Je préférerais que tu ne comprennes pas… »

Arrivées au Chesnay, il est tard dans la nuit, tous les commerces sont clos. Voici un petit hôtel.

« Connaîtriez-vous une dame de Mauzun, habitant Le Chesnay, mais je ne sais pas dans quel quartier ?

– Non, madame.

– Alors, gardez-moi cette jeune fille jusqu'à demain matin. Je viendrais la reprendre. Servez-lui un repas. Je vous réglerai le tout. Qu'elle se repose. (Elle embrassa Rose.) Repose-toi, lui dit-elle, et à demain. »

Un repas froid fut servi à Rose. Elle n'y toucha pas.

« Je vous conduis à votre chambre. N'avez-vous pas de bagages avec vous ? »

Rose avait l'esprit ailleurs, elle suivit sans répondre.

« Dis-moi, la mère, demanda l'hôtelier à sa femme, qu'est-ce que c'est que cette histoire ? Tu as vu l'allure de cette femme qui nous confie la demoiselle ? Pour moi, c'est une prostituée, elle a réussi à amadouer cette fille et la met en sûreté chez nous en attendant demain où elle lui aura trouvé un “protecteur”.

– Je pense comme toi, il faut prévenir la police. »

Dès 6 heures du matin, deux policiers frappent à la porte de Rose qui, somnolante, ne répond pas. Ils entrent.

« Ne craignez rien, mademoiselle, nous faisons notre tournée habituelle des hôtels et voulons savoir qui vous êtes, n'étant pas inscrite sur le livre de police de l'hôtelier. »

Dans la matinée, Rose était chez elle où madame, prévenue de la fugue de sa fille dès hier soir, n'avait pu dormir de la nuit et s'apprêtait à demander le secours de la police. Pleurs, étreintes muettes s'en suivirent.

« Viens te reposer, chérie. »

Rosette s'endormit à poings fermés. Ginette se présentant à l'hôtel, apprit que Rose était chez elle.

« Merci, dit-elle, c'est ce qu'il y avait de mieux à faire. »

Inutile de dire la joie qu'éprouvèrent Julie et Nanou au retour de leur jeune maîtresse, qu'elles avaient pensé disparue pour toujours dans Paris. Toutes trois s'embrassèrent chaudement sans poser la moindre question. Plus que madame, elles avaient compris l'ennui insoutenable de Rose, car elles aussi étaient filles de la campagne, contraintes de vivre dans ce grand Paris pour y gagner leur vie.

Madame proposa :

« Si tu ne veux plus du pensionnat, ma petite Rose, qu'allons-nous faire ? Patiente encore quelque temps à la maison où Julie fera de son mieux pour te distraire et, aux beaux jours, vous irez dans ma "campagne" en Normandie.

– Merci, maman, je patienterai, je me sens tellement prisonnière en ville. Il me faut des chemins, des sentiers bordés de champs, de prés. Alors, là, quel repos ! J'aimerais même entendre des enfants jouer dans la cour de quelque petite école... Ah ! que c'était beau tout cela !

– Tu auras tout cela, ma petite. Tu es une vraie Rose des champs ! »

Plus de pensionnat ! Quel bonheur ! Alors Rose s'intéressa à sa chambre ; elle fit connaissance avec la petite bibliothèque dressée sur une commode. Elle y découvrit les *Lettres de mon moulin* et les *Contes du lundi* d'Alphonse Daudet, elle lut George Sand, Musset et Victor Hugo. Elle pleura en lisant *Les Travailleurs de la mer*. Elle prit goût à la lecture et aurait voulu tout lire à la fois !

Elle retrouva dans un tiroir les cartes postales achetées à la tour Eiffel et destinées à pépé Antoine, à la Demoiselle, aux copains et copines de Lafreyde.

« Les leur adresser maintenant ? Non, ils m'ont oubliée, disait Rose, puisque c'était à moi de leur donner signe de vie, et je n'ai rien fait pour cela ! Il est préférable qu'ils continuent à ignorer ce que j'ai vécu. »

Elle se ravisa. Et, le lendemain, fut postée une carte postale adressée à Antoine Souvignet, où elle disait simplement : « Je t'embrasse bien fort, pépé, je suis à Paris. Je pense souvent à toi. Bon courage et dis mon bon souvenir à tout le monde, tout le monde.

Ta petite Rosette. »

Une nuit où elle rêvait encore au dortoir de la Providence, il lui sembla sentir sur elle les caresses de Ginette. Elle se réveilla en sueur. Le lendemain, elle demandait à Lucie :

« Je voudrais qu'après mon bain, tu viennes m'essuyer, me frotter bien fort, j'en ai besoin.

– Bien, mademoiselle, vous tirerez le cordon. »

Le cordon tiré, Lucie arriva avec des serviettes bien chaudes et se mit en devoir d'essuyer mademoiselle.

« Fort, plus fort, Julie, avec tes mains, frictionne-moi dans le dos, sur la poitrine, encore, continue, oui comme ça. Puis tout à coup : embrasse-moi dans le cou Julie, bien fort. »

Julie, surprise, ne savait que faire.

« Mais… mademoiselle…

– Embrasse-moi, je te dis encore, dans le cou, dans le dos, devant, là entre les seins et elle semblait se hausser sur ses pieds pour que les baisers descendent encore plus bas ! Julie ne savait que faire, elle découvrait ce jeune corps de dix-huit ans, elle en avait vingt-trois !

– J'en ai besoin Julie, écoute-moi ! Partout !

– Mais mademoiselle ! »

Voilà que Julie, toute honteuse, parce qu'il s'agissait de la fille de madame, sentit subitement prendre elle-même du plaisir dans ces attouchements demandés. Elle embrassa alors franchement, presque goulûment, ce jeune corps. Il lui prenait envie de frotter son propre corps contre celui de mademoiselle ! Elle ne pouvait tout de même pas se déshabiller !

Finalement, Rose sortit de la baignoire, cessa de demander et s'allongea sur le tapis de bain. Elle savourait encore un plaisir satisfait, inconsciente de sa nudité.

De son côté, Julie avait ressenti qu'elle ne pouvait trop expliquer une sensation et, fermant les yeux, elle s'assit dans le fauteuil savourant elle aussi quelque chose d'insoupçonné.

Elle aida mademoiselle à se rhabiller et, toute honteuse, elle lui dit :

« Pardon, mademoiselle. »

Tandis que Rosette lui répondit :

« À ce soir, Julie ! »

Et, le soir, Rosette était dans le lit de Julie, satisfaisant, à corps nu, ce que leur jeunesse réclamait et devait bien éclater un jour.

« Quand partons-nous pour la Normandie, maman ?

– Vous prendrez pension au restaurant du bourg. Il est prévenu, ainsi que Pierre, qui s'occupe du jardin et de la maison, un peu à l'écart du village. Il aura bien aéré, allumé un grand feu dans la cheminée pour tiédir cette maison qui ne s'ouvre pas souvent. Il vous aura même approvisionnées pour vos petits déjeuners du matin. Vous aurez du lait frais à la ferme proche. Voici de l'argent pour vos menus frais. Si cela ne suffit pas, n'hésitez pas à vous faire connaître chez les marchands. Je suis connue de tous et ils vous feront crédit. »

Ce fut bientôt le jour attendu.

Après le train, un autobus brinquebalant s'arrêtant à chaque village les transporta jusqu'à Grandbec. Madame ne resta que le temps d'organiser le séjour de Rose et Julie dans cette maison qui lui appartenait.

« Au revoir, ma chérie, bonnes vacances à toutes deux ! »

Rose sauta au cou de sa mère et l'embrassa affectueusement.

« Au revoir, Julie, sachez distraire ma petite Rose, elle en a besoin.

– Au revoir, madame, j'y veillerai. »

Rose et Julie s'embrassèrent.

« Quel bonheur ! Une maison pour nous deux ! Pour nous seules ! »

Pour elles, tout cela se présentait comme un voyage de noces.

Toutes deux filles de la campagne, l'une du Velay, l'autre de Bretagne, elles allaient découvrir ici une campagne encore différente : point de vachers, point de vachères dans les prés ou sur les chemins conduisant leurs bêtes au pâturage. Le bétail est enclos dans de grandes prairies herbeuses, où elles vont à leur gré, sans surveillance apparente.

Des pommiers isolés ou plantés en véritables vergers avaient leurs boutons à fleur prêts à éclater.

Beaucoup de maisons à colombage, avec toit d'ardoise étaient au fond d'une cour fermée.

Elles firent le tour du village en attendant le repas de midi. Quelle vie de château ! Elles iront par tous les chemins, elles s'attarderont à bavarder avec chaque habitant, pour comparer leur vie, leur travail à ce qu'elles ont connu et même vécu.

Elles allaient de découvertes en enchantements. Rose voulut fixer ces paysages et ces jours heureux. Le dessin, l'aquarelle, qu'elle avait commencé à apprendre à Sainte-Eugénie, allaient enfin lui être utiles.

Au gros bourg le plus proche, elles trouvèrent tout le petit matériel nécessaire.

Julie, qui avait un œil et un goût sûrs, se prit, elle aussi, au jeu.

« Tu vois bien que nous sommes faites pour nous entendre », se réjouit Rose.

Le village de Grandbec leur était devenu familier. Chacune d'elles avait repéré ce qui était à son goût et, durant les belles journées ensoleillées, les voilà plantant leur chevalet ici et là tels ces peintres en belle saison. Elles n'osèrent s'attaquer en premier à l'église pourtant toute simple, toute champêtre, mais qui présentait, malgré sa simplicité, quelques détails difficiles à restituer.

Leur choix se fit sur une maison de ferme à la construction trapue, aux ouvertures toutes simples.

Crayon, gomme en main, s'y appliquant avec cœur, chacune d'elles y esquissa sa maison.

« Il faudra que je te conduise dans mon village de vacances », dit Rose à Julie.

En attendant, elle crayonna sur le papier sa maison du bonheur : façade toute rectangulaire, avec portes de cuisine et étable au ras du sol. Tandis qu'une fenêtre éclairait la cuisine, un simple « fenestrou » au-dessus du tas de fumier représenté sans forme définie, donnait un peu de lueur à l'étable. L'ouverture de la fenêtre de sa chambre y figura un peu plus appuyée du crayon et elle s'y arrêta un moment ne sachant comment figurer les volets... ouverts ou fermés ? Elle ne les dessina pas et passa à la montée de grange et à sa grande porte. C'est tout son passé qu'elle revivait là. Sans savoir comment la faire apparaître sur le mur de montée de grange, elle s'arrêta un moment sur la pierre où elle se plantait pour enfourcher Bichette ! Puis ce fut le toit de lauzes à représenter, mais comment ? Et voici qu'apparaît sous son crayon la cheminée, avec une belle fumée qui s'élève vers le ciel.

Elle n'oublia pas de faire pointer le sapin qui berça si souvent ses nuits de la douce chanson du vent à travers ses branches. Sans tenir aucun compte de la perspective, une petite montagne se dressait derrière le toit.

« Mais qu'est-ce pain de sucre derrière ta maison ? s'écria Julie.

– C'est un “suc”, là-bas est le pays des sucs, ces restes rocheux de nos volcans éteints depuis des millions d'années. Éteints bien avant ceux d'Auvergne, le Velay serait le pays possédant le plus grand nombre de volcans d'Europe... l'histoire de mon pays faisait partie du programme du certificat.

On dit qu'il n'y a pas de pays plus beau que celui où l'on est né, mais moi je suis sûre que le mien est le plus beau de tous.

Il y a tant de choses à voir ! C'est un pays merveilleux, je puis te l'assurer.

Et nous y trouverons, je pense, quelques camarades de classe s'ils ne se sont pas expatriés vers Saint-Étienne. »

De retour au Chesnay, Rose demanda :

« Dis-moi, maman, j'ai dix-neuf ans, pourquoi Julie reste-t-elle chargée de régler mes dépenses ? Je suis en âge où tu peux me faire confiance !

– Mais, bien sûr, ma chérie !

– Eh bien, je voudrais aussi m'occuper un peu du sort de tes employées que tu oublies trop, sans le vouloir je pense. De maigres gages irréguliers, pas de vacances dans leurs familles, guère de temps vraiment à eux, ne crois-tu pas que c'est une vie d'esclave ?

– Mais ce sont des domestiques ! s'étonna madame.

– Bien sûr. Mais sais-tu que pour la fête foraine du pays, mémé Justine me donnait de l'argent pour que je sois comme les autres enfants. Pourtant, ils n'étaient pas riches, crois-moi. Alors, puisque tu veux mon bonheur, et que ce que je te demande ne doit pas trop te gêner, il faut que tu reconnaisses le travail de Julie et de Nanou. Pas la charité, mais leur dû.

– J'y réfléchirai, coupa madame.

– Tu le leur dois », insista Rose.

Un jour, Nanou appela :

« À table… avec Made… »

La voilà sans voix, et elle se laissa tomber dans le fauteuil. Fermant les yeux, elle ne bougeait plus et elle n'en bougea plus. Elle était partie pour de longues, de très longues vacances. Les premières de sa vie, et les dernières.

Grâce aux deux ou trois lettres reçues de sa famille et qui avaient suivi au fond de sa valise, on eut son vrai nom : Gaëlle Lecangalec.

Le timbre de la poste, à peine lisible, portait : Cleguerec. C'est ainsi que sur le registre d'état civil fut inscrit le décès de Gaëlle Lecangalec, employée âgée d'environ soixante-dix ans, née à Cleguerec dans le Morbilhan. Une fois de plus, Paris, sirène ensorceleuse, avait appâté, puis englué petit à petit une bonne qui ne pouvait plus repartir dans son village. Terminant sa vie loin de sa famille.

La mort de Nanou ne troubla pas trop madame. Elle lui trouva vite une remplaçante.

Ce fut encore une Bretonne qui se présenta. Elle avait vingt-six ans et avait aidé à la cuisine dans un restaurant. Elle était venue à Paris pour y trouver un emploi fixe et, comme bien d'autres, était hébergée chez une cousine, installée dans la capitale.

Comme pour les autres employées, cuisinières et bonnes à tout faire qui se présentaient à un emploi, madame la prit à l'essai, ce qui signifiait : « Si tu ne fais pas l'affaire, tu retournes chez toi ; un point c'est tout. » On l'appela Nanette.

Elle fit très bien l'affaire sans que Rose eût à intervenir.

Madame était heureuse de voir sa fille prendre goût aux arts, car elle considérait que ce pouvait être un talent utile en société. Elle lui offrit des cours de dessin, puis de piano et insista surtout pour qu'elle prît des leçons de danse, Rose ne connaissait que les bourrées et polkas villageoises.

« Cela complétera ton éducation de grande fille. »

Quand on jugea que Rose connaissait assez bien les danses bourgeoises, une couturière et son aide vinrent prendre ses mesures pour confectionner une superbe robe de soirée. Les essayages furent nombreux et le résultat magnifique.

C'est dans cette superbe robe rose pêche à volants que Rose fit ses débuts dans le monde.

Madame semblait satisfaite de cette première soirée et, de retour à la villa, demanda :

« Qu'en dis-tu, Rose ? Tu as été courtisée, on ne te laissait pas de repos ! De beaux garçons étaient heureux de te serrer la taille. L'un d'eux t'a fait danser trois fois, a-t-il parlé de te revoir à d'autres soirées ? Je suis sûre que tous t'ont demandé au moins ton prénom, ce joli prénom de Rose.

– D'autres soirées ? Comment aurais-je pu leur répondre, je ne le sais pas moi-même.

– Mais si, mais si, il y en aura d'autres, des bals de bonne société, où les danseurs sont des étudiants des grandes écoles qui viennent découvrir l'âme sœur qui sera leur compagne de vie.

– Eh bien, là, ce n'est pas pour moi !

– Comment pas pour toi ! Tu n'envisagerais pas le mariage à t'entendre.

– Mais non, maman, je n'envisage pas le mariage, au moins pas pour le moment.

– Mais comment es-tu faite, tu n'as jamais pensé à un compagnon de vie ?

– Pas pour le moment, je te répète. »

Rose participa à une autre soirée dansante, sans enthousiasme et ce fut une grande déception pour madame.

La belle robe de soirée et les belles chaussures assorties furent soigneusement remisées dans une armoire et n'en sortirent plus.

Quand Rose eut vingt et un ans, Mme de Mauzun l'emmena à sa banque pour la présenter et lui donner tout pouvoir afin qu'elle puisse retirer elle-même l'argent qu'elle jugerait nécessaire.

« Tout cela est bien, objecta Rose, mais cela me semble inutile. Tu as toujours pourvu à mes besoins sans que je te le demande. Retirer moi-même de l'argent me donnerait l'impression de puiser dans le porte-monnaie d'un autre, car je n'ai participé en rien à alimenter ces comptes.

– Mais il arrivera un jour où je ne pourrai plus m'occuper moi-même de cela, demain ne nous appartient pas et il est indispensable que tu aies droit aux retraits dont nous pourrons avoir besoin, expliqua madame.

– Oui, bien sûr, ce demain-là, je l'espère le plus lointain possible et, en attendant, continue à faire comme d'habitude, dit Rose.

– Il est bon aussi de voir avec le notaire, ajouta madame, s'il y a quelque chose à régulariser dans ta situation. Je ne voudrais pas que quelque obstacle auquel on ne pense pas surgisse malgré ton adoption et complique les choses pour que tu hérites de mes biens.

– Mais enfin, maman, à quoi penses-tu donc ? Tous ces propos me rappellent de douloureux souvenirs, difficiles à oublier », protesta la jeune femme.

Et le notaire vint au domicile de madame. Bien des choses furent discutées en présence de Rose, qui jusque-là avait ignoré le mot « héritage », vivant sans souci du lendemain.

Vie sans souci, vie de princesse, ce n'étaient là que plaisirs fugitifs, un monde irréel, artificiel, qu'elle n'appréciait pas.

Rien ici du bonheur, sans doute embelli dans sa mémoire par la patine du temps, qu'elle avait connu durant ses « vacances » chez mémé Justine et pépé Antoine.

Là-bas, elle avait une occupation utile, récompensée par la satisfaction du devoir accompli. Mais, ici, avait-elle fait quelque chose d'utile ? Participé à un quelconque travail ?

Rien de tout ça, ici, mais une vie de désœuvrée, d'inutile, de parasite même, puisqu'elle vivait aux dépens de sa mère, sans lui apporter quoi que ce soit. Son affection elle-même était-elle sincère ? Non, obligée, due. Sa mère le sentait-elle ? Elle ne l'avait jamais vue sourire, entendue rire. Elle vivait pour ses affaires, toujours soucieuse, toujours tourmentée, y trouvait-elle quelque satisfaction ?

Où étaient les « bonsoirs mémé Justine », « bonne nuit pépé Antoine » ? Là c'était sincère ! Où était ce sapin tout simple qui la berçait, ce Coquet fidèle tout prêt à la défendre, cette Bichette qui se laissait chevaucher pour lui faire plaisir. C'était ça la vie !

Tous ces séjours passés avec maman, de plage en plage et de plage en montagne, étaient artificiels pour Rose. Il faudrait bien réaliser son rêve d'emmener Julie connaître son Velay natal, Velay si beau dont elle ne connaissait qu'un tout petit coin.

Pourquoi sa lettre à pépé Antoine était-elle restée sans réponse ? Elle aurait dû insister, écrire à nouveau.

Et ainsi se déroulèrent de longues années, monotones malgré les échappées en Normandie et les voyages avec sa mère.

Un jour, madame fut ramenée à son domicile après un malaise survenu en ville. Un coup de sang, avait conclu le médecin. Elle avait la bouche légèrement de travers et le côté gauche paralysé.

Cet état demanda une présence constante. Rose et Julie, à tour de rôle, s'y employèrent avec dévouement. Pour la nuit, une garde-malade fut requise.

Le rictus de la bouche s'atténua, mais la mobilité ne revint pas et le médecin ne donna guère d'espoir d'une amélioration prochaine.

Dans ce malheur, Rose se rapprocha un peu plus de sa mère. Son affection devint plus marquée. Elle compatissait, comprenait la rage évidente de cette femme d'affaires naguère sans cesse en mouvement, qui se trouvait maintenant clouée sur un fauteuil et dépendante de son entourage.

Rose lui tenait compagnie, mais trouvait peu de chose à lui dire. Qu'avaient-elles vraiment en commun ? Pour meubler leurs conversations, il n'y avait guère que l'évocation de récents séjours sur les plages et à la montagne.

La malade avait toute sa lucidité et restait préoccupée par ses affaires qui la tenaient vivante, et l'empêchaient de sombrer.

Assez souvent, des messieurs, serviette sous le bras, venaient s'entretenir avec elle. Ils en sortaient des papiers. Quand ils apparaissaient, Rose s'en allait.

Un jour, madame demanda à Rose de rester. Elle avait convoqué son notaire, et celui-ci lui signifia une fois de plus que tout était réglé pour la succession de sa mère : elle en était la seule héritière, sa légataire universelle.

Quand le besoin s'en faisait trop sentir, Rose partait en Normandie, devenue un peu sa seconde patrie. Les employés continuèrent de revoir leur famille durant l'été, comme Rose l'avait obtenu pour eux.

Entre-temps, le notaire avait pris Rose à part et lui avait donné un aperçu de la fortune de sa mère : en plus du Chesnay, des immeubles dans Paris, sa maison de campagne en Normandie et un portefeuille important à la banque.

« Il faut prévoir une fin prochaine de votre mère, ajouta-t-il, et il serait bon que vous vous intéressiez à tout cela. »

Il se mettait à sa disposition pour la gestion de ce patrimoine, comme il le faisait déjà pour madame, et il saurait la conseiller.

Que pouvait comprendre Rose dans toutes ces parts dans telle et telle autre compagnie, entre ces actions et ces obligations ?

Force était bien pour elle de tout confier au notaire et de lui faire confiance.

Lors d'une nouvelle attaque, madame décéda, Rose écroulée sous le poids de tant de choses importantes auxquelles elle ne pouvait se soustraire, ne pouvait rien faire par elle-même, lui semblait-il, et ce fut le notaire qui fut chargé de toutes les démarches pour régler les obsèques.

Le décès de Mme de Mauzun, née Marie-Rose Philippon, fut enregistré sur le registre d'état civil du Chesnay. Rose demanda pour cette maman, à qui elle avait maintenant tout pardonné, un office religieux rehaussé par la présence des pupilles de l'institution Saint-Vincent-de-Paul.

À les voir, dans ce même uniforme qu'elle avait porté, elle pleura, pleura sans pouvoir se retenir : elle se voyait aller en rangs par trois pour assister à ces enterrements nombreux de personnes inconnues qui la laissaient dans la plus grande indifférence. Julie, la soutenant par le bras, l'accompagna jusqu'au retour à la maison où elle déclara vouloir se reposer.

Un ruban argenté portant l'inscription « À ma chère maman » cerclait la belle gerbe de roses rouges qui fut déposée sur le tertre recouvrant le corps de Mme de Mauzun, loin de M. de Mauzun qui, lui, reposait en son caveau de famille dans un cimetière proche du Puy.

Le notaire eut souvent la visite de Rose. Elle voulait que tout soit clair, et pour le présent et pour l'avenir, comme pour se débarrasser à jamais de tout ce qu'on lui avait fait entrevoir à la banque et qu'elle ne pouvait comprendre et ne cherchait d'ailleurs nullement à comprendre.

Le Chesnay était le siège de ses soucis, il fallait qu'elle s'en éloigne.

« Julie, l'été prochain, nous irons voir la Vierge du Puy et mon village. Nous emmènerons Nanette. »

Les longs mois d'hiver se passèrent encore au Chesnay, dans une monotonie plus forte que jamais. Les sorties en ville, qui auraient pu rompre cette atmosphère désœuvrée, furent rares.

Devenue casanière, Rose se confinait, comme figée, dans cette grande maison. Julie et Nanette furent impuissantes à la sortir de cet état où elle semblait se complaire.

XII

Trente ans après

DURANT LA SEMAINE, Rose rendit visite à sa banque, puis à son notaire pour lui annoncer ce voyage vers son pays natal.

Les trois demoiselles allaient parcourir en sens inverse le trajet fait par Rose et sa mère voici bientôt trente ans.

Elles voyagèrent de jour pour mieux voir les campagnes. Un panier copieusement garni de bonnes nourritures les accompagnait et elles l'ouvrirent au gré de leurs envies.

Arrivées en gare du Puy alors qu'il était nuit, elles s'installèrent à l'hôtel le plus proche. Le « Terminus », où madame avait conduit sa fille lors de leurs retrouvailles. Après un repas frugal, leurs chambres furent les bienvenues, le trajet interminable s'étant révélé pénible. Si Julie et Nanette furent vite endormies, l'esprit de Rose n'arrêtait pas de vagabonder. Elle revoyait son départ de Lafreyde ; pépé Antoine et sa lourde main posée sur une de ses épaules et la serrant pour lui confirmer toute son affection, puis les larmes aux yeux, lui disant : « Va Rosette… » Il ne pouvait rien contre la loi.

Et la voilà presque inconsciente, emmenée par deux dames dans une voiture-prison… Quel drame !

Malgré sa nuit peu reposante, elle fit connaître la ville à ses compagnes. Elle revit l'église des Carmes, celle du collège où en rangs par trois et en silence, elle venait, avec ses sœurs de misère, meubler quelque cérémonie mortuaire.

Allait-elle la leur faire visiter ? Non, quelque catafalque aurait encore terni ses bien tristes souvenirs.

Empruntant les rues centrales traversant la ville de part en part, et que Rose avait parcourues autrefois en piétinant chaque année, lors de la grande procession de l'Assomption, elles se trouvaient au bas de ruelles mal pavées montant en escalier ou par palier vers le rocher portant Notre-Dame de France.

« Irons-nous jusque là-haut, mademoiselle ? demanda Nanette.

– Mais bien sûr, bien sûr, mais arrivons d'abord à cette rue d'où l'on voit la cathédrale dans toute la splendeur de sa façade. »

Les voici au bas de la rue des Tables, à la chaussée on ne peut plus montante, pavée de pierres rouges tirées des anciens volcans et se continuant par un escalier sans fin qui s'engouffre à travers la façade, sous l'édifice. Ses trottoirs en escalier servaient de tables lors des grands pèlerinages d'autrefois. Les marchands d'objets de piété y installaient médailles, chapelets, images et statuettes de cette Vierge noire venue d'Orient.

Les visiteurs sont en admiration devant les mosaïques aux couleurs savantes, aux voûtes se superposant sur quatre étages.

Les demoiselles se demandaient comment en ces temps anciens, et avec des moyens qu'elles supposaient rudimentaires, les hommes avaient pu concevoir et réaliser un tel édifice.

« Ils furent sans doute aidés par les anges, et l'on appelle parfois cette cathédrale la “basilique angélique” », dit Rose, qui se souvenait d'une légende contée par les sœurs de la Providence. Atteignant l'escalier semblant sans fin, elles ne pouvaient s'empêcher de se retourner de temps à autre pour admirer, au fur et à mesure de leur montée, un panorama sans cesse agrandi.

S'engageant sous l'église, Rose ajouta qu'au Moyen Âge, les pèlerins étaient si nombreux que la première église ne pouvait les contenir. Il fallait l'agrandir, et cela ne pouvait se faire autrement qu'en l'allongeant dans le vide ! Voilà pourquoi l'escalier qu'elles empruntaient passait sous la grande nef prolongée.

Rose et ses sœurs d'orphelinat n'avaient jamais eu droit de fouler cet escalier. Elles empruntaient une rue sans soleil pour contourner l'édifice et elles entraient par le côté opposé.

Et cette rue sans soleil bordait le collège Saint-Léonard, où avec son amie Juliette, elle avait suivi deux années d'études complémentaires ! Quels nouveaux souvenirs se réveillaient là ! Juliette maintenant institutrice, où ?

Elles la virent cette Vierge noire, richement habillée et faisant l'objet d'un culte ayant attiré rois de France et papes. Elles parcoururent l'édifice en levant la tête, surprises par la hauteur des voûtes et de cette coupole semblant inaccessible. Elles allèrent jusqu'au fond de l'édifice dont la surprenante architecture impose le silence.

C'était là, tout au fond, que prenaient place les orphelines venues assister à la grande messe du dimanche. Oui, là, au fond, où un espace les séparait des paroissiens ordinaires.

Mon Dieu ! Pourquoi ce rejet de la part de la communauté se disant chrétienne et prônant l'amour du prochain ? N'en feraient-elles pas partie de ce prochain ? Rejetées par leur mère, elles devenaient exclues de la société tout entière, pensait Rose, et elle en avait été marquée pour la vie.

Les voilà enfin sur cette plate-forme où a été dressée Notre-Dame de France, statue colossale en bronze de canons pris à l'armée russe lors de la guerre de Crimée.

Quelle vue magnifique sur toute la ville, la campagne environnante et lointaine.

Rose n'avait vu ce rocher et cette Vierge qui la dominait, mais voici, enfin, une de ses envies satisfaite. Tandis que Julie et Nanette s'engageaient dans l'escalier intérieur de la Vierge les conduisant jusqu'à sa couronne, Rose, toute songeuse, restait sur la plate-forme essayant de situer, d'en haut, tout ce qu'elle avait connu d'en bas.

De temps à autre, Julie et Nanou lui faisaient « coucou » par des ouvertures percées à travers le corps de la statue.

Rose n'eut pas de peine à situer le fameux bâtiment qu'était la Providence, jouxtant l'église Saint-Laurent, la seule église gothique de la ville, et là-bas, faisant face à la Vierge, la statue blanche et colossale de Saint-Joseph d'Espaly, où le couvent les avait conduites lors de sa fête solennelle du 19 mars. Plus à droite se trouvait cette masse de pierres, sortie tout exprès de terre pour supporter une forteresse imprenable, celle des Polignac, seigneurs guerroyeurs, ennemis de l'évêque du Puy.

Tout en bas, le rocher Saint-Michel, réputé si haut et qui, de là, paraît tout petit.

Ces demoiselles retrouvant Rose, elle leur fit part de toutes ces choses qui font du Puy une des villes les plus pittoresques au monde.

Mais elles aussi avaient des choses à dire sur leur montée par un escalier en colimaçon, l'une derrière l'autre, s'arrêtant sur des paliers aménagés, où l'on attend la descente des curieux qui précèdent, et cela dans la chaleur développée par les nombreux cierges brûlant à l'entrée, tout en bas. Les plus hardis pouvaient s'asseoir sur la tête de la Vierge, la couronne en étoiles les protégeant du vide tandis qu'un guide veillant à toute défaillance était à leur côté pour les rassurer. Ces demoiselles ne voulurent pas tenter l'expérience de se trouver ainsi en plein ciel, hors terre pour ainsi dire.

Elles admiraient, admiraient sans se lasser. Rose leur désigna au loin le Mezenc, le plus haut sommet des Cévennes et d'où partaient tout à côté la Loire et puis, plus à gauche, le vrai Vivarais avec le royaume des Sucs.

Lafreyde était abrité derrière l'un d'eux, village inoubliable que Rose s'était juré de revoir un jour, qui était maintenant très proche, c'était demain !

La visite de la ville les occupa encore toute la journée, il y avait tant de choses à voir. Quelle richesse que ce Velay ! Et les commentaires se prolongèrent bien après le repas du soir.

Leurs yeux n'étaient point lassés par tant de découvertes insoupçonnées, mais leurs jambes demandaient grâce.

« Nous ferons grasse matinée demain, annonça Rose, et vous préparerez votre valise pour que nous soyons prêtes à prendre le train de nuit pour Paris. Dès après le repas de midi, nous partirons à la découverte de Lafreyde, qui n'a pu changer beaucoup depuis que je l'ai quitté. Mais qui vais-je y trouver de mes camarades de classe ? Nous reconnaîtrons-nous ? Nous n'avons plus notre visage de seize ans ! »

Ce n'est pas une Bichette au pas traînant qui les y emmena, mais un taxi.

Le paysage défilant plus vite, Rose ne leur fit point part de tous les commentaires que lui avait faits le paysan l'emmenant pour garder ses vaches. Elle mentionna le passage de la Loire, les carrières d'argile alimentant les tuileries toutes proches. Arrivant au col du Pertuis, elle faillit se laisser aller aux larmes en revoyant cette enseigne bien défraîchie par la burle mais encore lisible : *Hôtel Riouffreyt*, où le paysan alors devenu pépé Antoine, lui avait fait prendre une boisson chaude et avait emprunté une couverture pour qu'elle s'en revête, la Providence ayant oublié de lui remettre un manteau.

Les routes ne s'étaient guère améliorées. À Lafreyde, Rose indiqua au chauffeur la dernière maison du village. Au passage de la voiture, des chiens aboyèrent, quelques rideaux se soulevèrent aux fenêtres. Apparut cette inoubliable maison que Rose a dessinée maintes fois, la transformant, y ajoutant quelques détails qu'elle n'avait pas particulièrement remarqués, mais qui surgissaient soudain à son esprit.

La voiture s'arrêta. Un chien aboya dans l'étable ; ce n'était pas la voix de Coquet. Les occupants, homme et femme d'une cinquantaine d'années, se présentaient à la porte de la cuisine pour s'enquérir du pourquoi de cette visite.

Rose quitta la voiture, se précipita vers eux, les embrassa et, sans se contrôler, entra dans la cuisine en criant : « Pépé ! Mémé ! »

Ils n'étaient plus là, leur lit avait disparu, mais restait l'horloge ! Son horloge ! Elle courut à elle, l'embrassa, voulant la serrer dans ses bras. Était-ce l'heure de se faire entendre ou parce qu'elle se trouva secouée ? Elle se mit à sonner ! À genoux, devant elle, Rose l'écouta égrener ses sons, ces sons qui avaient marqué chacune de ses heures vécues ici, et tout naturellement lui vint à l'esprit cette prière du soir qui se terminait invariablement par cet « Amen » de pépé ! « Merci, mon Dieu, de nous avoir donné Rosette ! » Elle s'accroupit, ne pouvant se relever, ses jambes ne répondaient plus, elle était à demi inconsciente !

On la transporta dans le fauteuil où mémé Justine, à longueur de journée, s'était appliquée à faire crochet et tricotage pour apporter un peu d'argent frais au ménage et subvenir aux frais d'internat de Rose.

Les occupants des lieux avaient d'abord cru avoir affaire à une folle, ils comprirent que cette femme vivait là de tragiques souvenirs. Ses compagnes, aussi surprises, ne pouvaient que répondre que mademoiselle les avait amenées ici pour revoir la maison de ses vacances.

Rose sanglotait trop pour pouvoir s'exprimer.

Peu à peu, tout s'éclaircit, elle apprit que pépé, resté seul, ne pouvait supporter la situation, il se laissa aller, négligeant et ses terres et lui-même, il vendit ses bêtes et s'étiola peu à peu.

Mort sans héritier, biens, terres et maison, mobilier inclus, furent vendus devant le tribunal et c'est ainsi que les occupants actuels en étaient devenus propriétaires.

Pour réconforter les visiteuses, un café bien chaud, corsé de quelques gouttes de rhum, leur fut servi.

Reprenant peu à peu la maîtrise d'elle-même, Rose voulut avoir des nouvelles du village. Des nouvelles de tous ceux qui avaient partagé avec elle heures d'école et jeux d'enfants.

D'abord de Drelou. Qu'était devenu Drelou, son voisin le plus proche ? Les nouveaux propriétaires de la maison, venus d'ailleurs, ne connaissaient pas les jeunes d'il y a trente ans.

La maison de Drelou était fermée et ne s'ouvrait que quelques mois d'été, louée à des estivants.

Louisou ? Inconnu lui aussi.

Ne restait-il donc au village aucun de ceux qu'elle y avait connus ? Tous avaient quitté le pays, il n'y avait plus de travail ici, et plus guère de paysans.

On lui dit qu'à l'autre bout du village vivait une personne âgée qui devait se souvenir de ce temps.

Après avoir remercié, Rose voulut se rendre à pied à travers le village jusqu'à cette maison. Elle voulait voir la place où, les soirs d'été, tous les jeunes se réunissaient en attendant que l'avare fontaine remplisse seaux et cruches, ce qui permettait des jeux et un peu de chahutage pour les garçons profitant de la faible lumière dispensée par le poteau électrique communal.

La personne âgée n'était autre que la maman de Rosalie, ancienne camarade de classe. Enfin quelqu'un de connu ! Encore alerte bien qu'ayant atteint ses quatre-vingts ans, elle n'avait pas voulu quitter sa maison, malgré l'insistance de Rosalie, partie comme toutes les autres là où l'avaient appelée le travail et sa destinée de femme.

Rosalie était maman de trois enfants et tenait en gérance une succursale du Casino de Firminy. Séverine, mariée elle aussi, avait trouvé un emploi de secrétaire dans un commerce de Saint-Étienne. Juliette était institutrice de l'autre côté du département. Elle aussi était maman. La Demoiselle de l'école avait quitté les Quatre-Chemins dès qu'elle avait pu.

« Et Drelou ? Drelou Titoulet, dit du Bosc.

– Ah ! Drelou a failli rester vieux garçon, puis a finalement trouvé chaussure à son pied vers Saint-Étienne.

– Et Louisou Nouvet ?

– Lui aussi à Saint-Étienne.

– Et toi, Rosette ?

– Eh bien, moi, je vis seule dans la région parisienne, et j'ai voulu faire découvrir Lafreyde à mes deux amies. Mais, pour moi, ça a été un vrai pèlerinage. Il y a si longtemps que je me proposais de revoir ma maison, ma fontaine, mes amis d'enfance. Tous partis ! »

Une dernière visite fut faite au cimetière et dans le carré où avait été enterrée mémé Justine, le carré des pauvres qui n'ont ni caveau ni la moindre stèle funéraire. Sur une vieille croix de bois en mauvais état, abandonnée, elles purent lire, ou plutôt deviner : Antoine Souvignet. Nouveaux pleurs, un signe de croix et une prière intérieure pour chacune d'elles, et l'on regagna Le Puy, où, après le repas du soir, le train de nuit les ramènerait vers cette ennuyeuse demeure du Chesnay.

Le train de nuit l'emmenait encore une fois loin de ce pays qu'elle aimait tant. Dans les wagons-couchettes, le roulement régulier du train devint une berceuse qui fit fermer les yeux à Julie et Nanette.

Rose avait quitté sa place, et à leur réveil Julie et Nanette la cherchèrent en vain.

La presse annonça que l'on avait trouvé un corps de femme affreusement mutilé, le long de la voie ferrée.

Quel choc avait été pour Rose de trouver ce village désert, alors qu'elle l'imaginait encore tel qu'elle l'avait quitté, espérant bien y retrouver certains camarades de classe, devenus mères de famille ou rudes paysans. Tout ce monde disparu, elle s'était retrouvée orpheline une nouvelle fois. C'était insupportable. Elle ne voulait plus de ce Paris qui l'en avait séparée et c'est en cours de route qu'elle se jeta hors du train, pensant peut-être que son corps atteindrait la prairie longeant la voie ferrée, et qu'elle y pousserait son dernier soupir dans un coin de campagne, de cette campagne qu'elle n'aurait jamais dû quitter.

Elle était Rose des champs. Elle était faite pour vivre et mourir dans la campagne. Elle ne pouvait vieillir, s'étioler, se consumer loin des prés où l'heureuse alouette chante éternellement l'espérance, loin de tous ces braves travailleurs de la terre, qu'elle avait connus, de tout ce monde simple, aimant, franc, courageux, riche de tous ces désirs qu'il n'a pas.

Le notaire, prévenu, ouvrit une enveloppe, déposée par Rose, sur laquelle était inscrit : « Ceci est mon testament. »

Il lut :

« Pour mes funérailles, une messe sera dite avec la présence des orphelines de Saint-Vincent-de-Paul, tel que je l'avais fait pour les funérailles de ma mère.

Après tous les frais engagés pour cette cérémonie et autres, les disponibilités (caisse, dépôts, comptes courants, portefeuille de banque) seront partagées à parts égales entre Julie, ma fidèle gouvernante, et Nanette, pour les aider à s'établir. Mes immeubles iront à l'institution Saint-Vincent-de-Paul, remerciant ainsi le couvent de la Providence du Puy pour avoir recueilli, maintenu en vie et fait grandir de son mieux ce petit paquet de linge que j'étais alors, déposé à sa porte par une froide et sombre nuit de mars 1911. »

Tables des matières

Dans la même collection

Les textes de la collection Terre de poche nourrissent la mémoire collective à travers des histoires fortes, des récits de voyage, des documents historiques ou des chroniques intimes.

AGUILLON Arlette
La Maîtresse du moulin
Le Puits aux frelons

AMOUROUX Henri
La Vie des Français sous l'Occupation

ANGLADE Jean
Le Chien du Seigneur
Le Pain de Lamirand

AUBARBIER Jean-Luc
Les Démons de sœur Philomène

AUDIDIER Robert
Les Sentiers de traverse

AUDOUX Marguerite
Marie-Claire

AUJOULAT Noël
Le Village perdu

BATUT Maryse
Les Monvalan

BELARD Paul
Moissons d'enfance

BESSON André
Folle avoine
La Grotte aux loups

BOBECHE Adrien
La Fille de la meunière

BORDES Gilbert
Le Chat derrière la vitre

BOUDOU Josette
La Maison d'école
Les Grillons du fournil

BOURRET Johan
Dans la gueule du loup

BOUSSUGE Micheline
La Maison d'Anaïs

BRIAND Charles
Le Seigneur de Farguevieille

CABROL Laurent
L'Enfant de la Montagne noire

CAPPEAU Marie-Nicole
Chantemerle
La Mule blanche

CASTELAIN Anne-Marie
Le Loup du marais
Les Amours de Louise

CLEMENT-MAINARD Michelle
La Foire aux mules
La Fourche à loup

COMBE Rose
Le Mile des Garret

CORNAILLE Didier
Le Forgeron d'Eden
Le Vent des libertés soulevait la terre
Le Vol de la buse
Les Gens du pays

COSMOS Jean
La Dictée

DE MAXIMY Hubert
Le Bâtard du Bois noir

DE MAXIMY René
La Ferme des neuf chemins
Le Puits aux corbeaux

DE PALET Marie
Amandine
La Tondue
Les Terres bleues
Retour à la terre

DECK Olivier
Cancans
L'Auberge des Charmilles
La Neige éternelle
Les Chopines
Les Rumeurs du Gave

DELPASTRE Marcelle
Cinq heures du soir
Les Chemins creux

DODANE Michel
Les Enfants de la Vouivre

Les Enfants de la Vouivre
- Les Herbes noires
Les Enfants de la Vouivre
- La Malédiction
des Mouthier

DOURIAUX Hugues
Gens de la Paulée
- La Saison des vendanges
Gens de la Paulée
- Le Bois des Auriotes
Gens de la Paulée
- Les Temps d'orage
Le Temps des loups

DUBOIS Yvonne
Couleur de terroir
La Vallée des cyclamens

DUFOUR Hortense
Au vent fou de l'esprit
Ce que l'océan ne dit pas
La Fille du saulnier
Le Bois des abeilles

DUPUY Daniel
Fontcouverte
Les quatre Jeudis

DUTRONC Robert
La Maison des Chailloux

FABRE Jean-Luc
L'Eté des Fontanilles

FRONTENAC Yvette
Les Années châtaignes
La Soupe des autres

GAGNON-THIBAUDEAU
Marthe
La Boiteuse

GAMARRA Pierre
Le Maître d'école

GERAUD Roger
Le Pré derrière la grange
Les Vaches rouges

GIMBERT Yveline
L'Ombre des chênes

GLEIZE Georges-Patrick
Le Chemin de Peyreblanque
Le Destin de Marthe
Rivière
Le Temps en héritage

GRIFFON Robert
Au bonheur du pain
Le Bedeau de la République
Le dernier Forgeron

HEURTE Yves
Le Pas du loup

JAILLER Isabelle
La Ferme des hautes terres

JEURY Michel
La Classe du brevet
Le Crêt de Fonbelle

JUDENNE Roger
Drôle de moisson
La Maison d'en face
Les bons Jours

LABORIE Christian
L'Appel des drailles
L'Arbre à pain
Le Brouillard de l'aube

LAFAYE Claude
La Maison de l'espoir

LARDREAU Suzanne
Orgueilleuse

LAURENT Jean-Paul
L'autre Montagne
La Ferme aux loups

LEMAIRE Philippe
Le Chemin de poussière
Les Vendanges de Lison

LOUTY Pierre
Les Fiancés de la Briance

MALROUX Antonin
La Noisetière
Le Soleil de Monédière

MAMERE Noël
Gens de Garonne
- Les Forçats de la mer
Gens de Garonne
- Le Combat des humbles
Gens de Garonne
- La Malédiction des justes

MAZEAU Jacques
La Malédiction de Bellary
La Rumeur du soir
Le Pré aux corbeaux
Le Retour de Jean

PELISSIER Patrice
L'Ange et le loup

PERREVE Paul
La Burle

PEYRAMAURE Michel
Le Château de la chimère
Les Flammes du Paradis

PINCE Jacques
Les Blouses grises
Tustou et Marie

PLAIT Annie
Les longues Saisons

POURRAT Henri,
L'OLAGNE Jean
Sur la colline ronde

PRORIOL René
Antoinette, une vie de femme en 1900

QUEREILLAHC Jean-Louis
Trois sillons de terre rouge - La Moiss-batt
Trois sillons de terre rouge - Rouge est ma terre

RABUTEAU Pascal
Les Faveurs de Sophie

ROSSET Jean
Les Porteurs de terre

ROUQUET Jean
L'Enfant de la borie

ROYER Roger
La Colombière

SABOURIN Pierre
La Terre des coteaux

SOURY André
Le Pain blanc

SOYEZ Jean-Marc
Au café de l'église
Julia
La Tuile à loups
Les Galoches de Julia

TAMAIN Louis
L'Encre violette

Le Temps de l'école
Médecin de campagne

THIROLLE Jérôme
Les Doigts d'or d'Elise

TISSERAND Pierre
L'Arbre au pendu

TOUATI Claude-Rose
et Lucien-Guy
Une maison dans les herbes

VALETTE Paule
Les Jours derrière la montagne

VENTRE Julien
Julien, berger des collines

VERRIER Michel
La Ferme des Pitaval
Le Chien qui faisait peur au diable
Le Mystère de Millepertuis

VINCENT Claude
Les Roses de l'hiver
Quatre pieds de terreau

VITTE Louis-Olivier
La Vallée des illusions